KB189290

제12회

미당
문학상
수상작품집

제12회

미당

문학상
수상작품집

중앙일보 | 문예중앙

차례

제12회 미당문학상 심사 경위

하현옥 중앙일보 문화부 기자

제12회 미당문학상 첫 운영위원회는 5월 31일 열렸다. 운영위원회는 미당문학상 예심위원 5명을 선정했다. 회의 결과 최정례 시인, 이영광 시인, 송승환 시인, 조재룡 문학평론가, 류신 문학평론가를 예심위원으로 선정했다.

예심위원들은 6월부터 본격적으로 심사 작업에 착수했다. 지난해 7월부터 올해 6월까지 주요 문예지 30여 종에 발표된 시를 모으는 작업부터 시작했다.

1차 예심은 6월 29일 본사에서 열렸다. 심사위원들은 본심에 올리고 싶은 시인을 추천해 30명의 시인을 우선 추렸다. 1차 예심에 오른 시인은 다음과 같다.

고영민, 권혁웅, 김경인, 김경후, 김성규, 김소연, 김승강, 김영승, 김이듬, 김중일, 김행숙, 나희덕, 박라연, 박상순, 송재학, 신해욱,

유종인, 유홍준, 이근화, 이기인, 이수명, 이원, 이준규, 장옥관, 장이지, 정재학, 함기석, 허수경, 황병승, 황인숙(가나다순).

예심위원들은 해당 시인에게 개별적으로 연락해 1년 동안 발표한 작품을 취합했다. 심사위원이 미처 챙겨 보지 못한 잡지에 발표한 시가 있을 경우 이를 놓치지 않기 위한 것이다.

2차 예심은 7월 20일 열렸다. 예심위원은 본심에 올리고 싶은 시인을 각각 10명씩 자유롭게 써냈다. 이 결과를 취합한 뒤 추가 논의를 거쳐 본심에 올릴 시인 10명을 골라냈다. 10명의 시인과 작품은 다음과 같다.

고영민 「반음계」 외 32편
권혁웅 「도봉근린공원」 외 22편
김영승 「더러운 그늘」 외 33편
김이듬 「만년청춘」 외 13편
유종인 「눈과 개」 외 18편
이근화 「차가운 잠」 외 21편
이원 「그리고 바다 끝에서부터 물이 들어온다」 외 18편
함기석 「국립낱말과학수사원」 외 20편
허수경 「이 가을의 무늬」 외 18편
황병승 「앙각 쇼트」 외 9편
(시인 이름 가나다순)

본심위원을 선정하는 두 번째 운영위원회는 8월 1일 열렸다. 그 결과 본심 심사위원 5명은 천양희 시인, 정희성 시인, 오생근 문학평론가, 김인환 문학평론가, 김기택 시인으로 정해졌다. 본심위원에게는 예심위원들이 골라낸 시인 10명의 작품을 모은 후보 작품집이 발송됐다.

한 달여 후보작을 검토한 본심위원들은 8월 29일 본심 심사를 했다. 심사위원들은 본심 후보로 올라온 시인 10명의 작품에 대해 평을 했다. 시인의 개별 작품에 대한 평가부터 올해 후보작의 경향까지 다양한 논의가 이뤄졌다. 이를 바탕으로 심사위원별로 3~5명까지 수상 후보자를 추천했다. 그 결과 허수경 시인이 4표, 권혁웅 시인과 이원 시인이 각각 3표를 얻었다.

본심위원들은 이렇게 압축된 3명의 후보의 작품과 작품세계에 대해 치열한 논의를 진행했다. 이원 시인의 작품은 재미있게 읽을 수 있었지만 예전 작품에서 드러난 새로움과 경이로움이 없다는 점이 아쉬움으로 지적됐다.

허수경 시인은 혼신의 힘을 다해 쓴 작품이라는 평가를 받았지만 기존 작품에서 보이던 언어의 간결성 등이 사라지고 다소 감상적이고 관념적인 느낌이 난다는 평도 받았다.

권혁웅 시인은 연애시와 정치풍자시를 넘어 일상시까지 다른 세계로 넘어가는 보폭이 넓고 새로운 언어를 탐구한다는 평가를 받았다. 해학이 묻어나면서도 서정과 실험이 접점을 이루는 말의 운용이 돋보인다는 평도 들었다. 그러면서도 일상에 대한 자각과 개인의 이야기를 타인의 삶으로 확대하는 능란함도 엿보인다는 평가도 받았다. 본

심위원들은 이런 점을 고려해 권혁웅 시인을 2012년 미당문학상 수
상자로 선정했다.

현실의 모순을 은유하는 깊은 성찰과
특유의 해학

천양희 시인

미당문학상이란 고지에 올라온 작품들을 읽으면서 제일 먼저 든 생각
은 이 시들이 과연 오늘의 시단에 깊어진 그늘을 덮는 햇빛이 될 수 있
을까였다. 작품들은 제각기 개성적이면서 다채로웠으나 전자사막 속의
오아시스 같은 작품이 별로 눈에 띄지 않았기 때문이다. 새로운 전통
을 수립하는 실험도, 새로운 변화를 추구하는 전통도 매너리즘에 빠진
듯 새로운 발견이 보이지 않았다. 그러나 몇몇 시인들은 말을 운용하는
솜씨가 빼어나, 시인은 살아 있는 말의 거부(巨富)가 되어야 한다는 말
이 생각날 정도였다.

　그중에서도 내가 주목한 것은 권혁웅, 허수경, 이원의 작품이었다.
허수경 시 중에서 눈길을 끈 「연필 한 자루」는 내가 왜 시를 쓰는가?
라는 물음을 던지며 시의 주제를 잡고 있지만, 너무 많은 말을 함으로
써 오히려 이미지가 선명하지 않아 비수같이 독자의 허를 찌르지 못
한 것이 아쉬웠다. 다른 시편들도 종전의 시에서 감지하던 그윽하고

환상적인 면을 이끌어내지 못하고, 무르익은 가락도 없이 대체로 산문적이었다. 다른 나라에 가서도 모국어를 잊지 않고 좋은 시를 쓴다는 것이 대단해서 모처럼의 기회를 주려고 몇 번이나 깊이 읽었지만 이번 작품들은 활력의 한 정점을 보여주지 못해 안타까웠다.

이원의 작품은 그동안 누구도 흉내 낼 수 없는 자기만의 독특한 언어감각으로 독자들을 놀라게 했지만, 종전의 시와는 달리 다른 경계를 보여주는 새로움과 경이로움이 없다는 것이 흠이었다. 새로움은 시의 가치이고 경이로움은 시의 힘인데, 웬일인지 이번 작품들은 별다른 변용 없이 힘을 잃은 듯했다.

그러나 권혁웅의 시편들은 끊임없이 새 언어를 탐구하듯 다른 세계로 나아가는 보폭이 넓다. 마치 변신의 귀재처럼 그의 시는 미래로 달아나서 과거를 보는 듯하고, 결핍은 사나운 채찍과 같다는 말이 생각날 정도로 유머와 비애를 함께 느끼게 해준다. 유년시절 이야기에서 연애시로, 정치풍자시에서 일상시로 탈바꿈하고 있는 그의 시편들은 서정과 실험이 접점을 이루는 다의성이 있고, 말의 운용이 특히 돋보인다.

그의 시의 언어는 최고의 상상을 하게 하는 일상시의 출발점이다. 자신만의 말과 목소리로 현실 이해 방식이, 깊은 성찰과 태도와 그 특유의 해학을 이끌어낸다. 그것은 불합리한 현실을 극복하고자 사소한 일상을 시적 소재로 하고 있는 것 같다. 그러나 그의 일상시는 일상에 그치지 않고 현실의 모순들을 은유한다. 이 점이 그의 가장 큰 장점이다.

일상시까지도 언어적 혁신과 소재의 확장을 이루어내고 있는 그의 시학은 구체적인 현실의식을 생래적으로 내포하고 있다. 꾸준히 새롭다는 측면에서 그의 시세계는 계속해서 진화해왔다. 그동안 우리 시가 지나치게 무겁고 심각한 것에 비해 권혁웅이 보여주는 일상시엔 그만의 해학이 있고, 웃는 울음이 있다. 우리들이 놓쳐버리고 있는 일상에 대한 자각과 자기 갱신을 보여주고 있는 것이다. 그의 다른 시 「도봉근린공원」이나 「애인은 토막 난 순대처럼 운다」는 명랑한 발상도 기발하지만, 구체적인 일상성에 예술성이 압축된 이미지가 돋보이는 「봄밤」이 단연 압권이다. 앞으로도 용맹정진하기를 기원한다.

무엇보다 쉽게 읽히는 '잘 빚어진 시'

정희성 시인

돌아간 작가 이문구가 어느 자리에선가 "나는 수상 소감과 심사 소감 쓰는 일이 곤혹스럽다."고 한 말이 생각난다. 내가 그 꼴이다. 잘못 읽었을지도 모를 남의 작품에 대해 함부로 이야기하는 것이 조심스러워서 그러기도 하거니와 나의 독법이나 독해력의 수준이 들통 나는 게 은근히 두려워서이기도 하다.

예심을 통과한 10명의 시인들의 작품집을 받고 작품을 읽어나가면서 나는 불안해지기 시작했다. 평소 배달되어오는 각종 문예지들에서 내가 별로 눈여겨보지 않았던 시인들의 작품을 대하게 되면서 그동안에 내가 너무 편식을 해왔다는 사실을 깨닫게 되었다.

시의 바다는 넓고 깊었다. 너무 낯익어서 신선감이 잘 안 오는 화법에서부터 인내심을 가지지 않고는 읽어내기 어려운 시까지 다양했다. 심사를 의식하지 않고 그간에 읽어왔던 작품 가운데 기억에 남는 것이 들어와 있지 않아 섭섭하기도 했지만 이런 작업은 누가 해도 아쉬움이 있게 마련이리라. 나이가 시를 쓰는 것은 아니라고 해도, 30대 중반에서 50대 중반까지 분포되어 있으니 현재 우리 시단을 움직이는 시인들을 어지간히 망라했다고 해도 과언이 아니라고 하겠다. 잘은 몰라도 이제 미당문학상은 그만한 연령 수준에 자리 잡게 되는가 싶다.

'느낌'이 오는 시를 중요시하는 나의 독법에 따라 작품에 빨간 딱지를 붙여나가며 읽었다. 한 번 더 읽을 것을 염두에 두고 한 일이었다. 한 시인이 1년 동안 발표한 작품이 30편이 넘는 것에 놀라워하면서, 또 한 편의 시의 길이가 만만치 않게 길어졌고 또 상당히 낯선 문법을 구사하는 시가 있음에 유의하면서. 시인들의 성향이나 개성, 이전의 성과와 문단의 비중 등을 고려하면서도 오직 한 편만을 골라 상을 주어야 하는 데는 어려움이 있었다.

김영승의 시를 읽으면서 나는 "이 모든 무수한 반동이 좋다"는 김수영의 한 구절을 떠올렸다. 그의 '자유로운 영혼'이 마음에 들었지만 모든 심사위원들의 동의를 구하기 어려웠다. 너무 함부로 말을 풀어놓아 날뛰게 하는 게 마음에 들지 않는 사람도 있는 것이다. 그러나 시를 누구 마음에 들게 쓰라고 권하고 싶지는 않다. 다만 참고 자료로 실린 그의 동시들이 나는 더 좋았다. 어린 영혼을 의식하는 절제 속에서 시가 오히려 살아난다.

허수경은 벌써 몇 해째 거론되는 모양이다. 나는 일찍이 허수경이 「바다가」에서 들려준 절망의 언어에 압도되어 그를 기억하고 있다. 그러나 어떤 시인의 성공적인 작품에 대한 기억은 다른 새로운 작품을 발견하는 데 장애가 되는지도 모른다. 나는 「이 가을의 무늬」와 「연필 한 자루」에 빨간 딱지를 붙여놓고 여러 번 읽어보았지만 그만한 감동이 오지 않았다. 그는 모국어에서 너무 멀리 가 있다는 생각이다. 나라를 떠나 체득한 세계성을 모국어로 환원하는 과정에서 아직은 어려움을 겪고 있는 모양이다.

권혁웅은 내가 시인으로서보다는 평론가로서 기억해온 사람이다. 이른바 '미래파'를 명명한 그 자신도 미래파에 속할 것이라고 생각하면서 시를 읽다 보니 그게 아니었다. 힘들수록 유머를 의식한다는 그의 시는 미래파의 문법과는 거리가 있었다. 무엇보다 쉽게 읽힌다는 점에서 그렇다. 「봄밤」에 빨간 딱지를 붙여놓고 여러 번 읽었는데, 처음부터 가슴을 때리는 감동으로 오지는 않았지만 잘 빚어진 시라는 생각이 들었다. 수상 소감을 밝히는 인터뷰에서 그가 '감정에서 출발하는 시인'과 달리 '체계적인 생각을 통한 비유'로 시에 다가간다는 작시법의 비밀을 엿볼 수 있었다. 그의 시가 감정의 자연스런 흐름보다는 지적 조작에 더 많이 기대고 있는 것도 다 까닭이 있었던 것이다.

현실 인식과 상상력의 절묘한 결합

오생근 문학평론가

미당문학상이 무엇보다 작품상이라는 것을 염두에 두고, 예심을 거쳐 올라온 시인들의 작품들을 선입견 없이 객관적으로 읽으려고 노력했다. 그러나 선입견 없이 읽는다는 것은 가능했지만, 객관적으로 읽는 일은 거의 불가능하다는 것을 깨닫기도 했다. 이 과정에서 작품상이 '가장 좋은 시'를 골라서 주는 상이라면, 일정한 수준 이상의 시들 중에서 '가장 좋은 시'라는 객관적 평가를 내릴 수 있는 근거는 무엇일까 하는 의문을 품어보았다. 가령 누가 나에게 어떤 시가 좋은 시인지를 묻는다면, 시적 생동감이 넘치면서 긴장감이 느껴지는 시, 상상력이 뛰어나면서도 상상력의 전개에 알맞은 형태가 결합되었다고 생각되는 시, 새롭고 개성적이지만 개인적이 아닌 보편성의 목소리가 느껴지는 시 등등 생각나는 대로 대답할 수 있을 것이다. 그러나 이런 좋은 시의 기준들이란 결국 주관적인 것이지, 객관적인 것은 아니다. 좋은 시의 객관적인 기준이 있다 하더라도, 동일한 시에 대한 사람들의 반응은 얼마든지 상반될 수 있기 때문이다. 이런 생각을 하면서 나는 권혁웅의 「도봉근린공원」과 「봄밤」, 허수경의 「이 가을의 무늬」와 「연필 한 자루」를 수상후보작의 범주에서 논의해볼 수 있는 작품들로 골라보았다. 다른 시인들의 작품들을 제외한 이유는 그들이 개성적이긴 하지만, 개인적인 체험과 거친 상상력의 전개로 공감의 폭을 넓히지 못했다거나 생동감이 넘치는 감각적인 이미지들을 보여주면서도 절제된 형식의 문학성이 부족하다는 생각이 들었기 때문이다.

우선 권혁웅은 일상의 현실 속에서 포착한 소재를 시적으로 형상화하는 데 놀라운 솜씨를 발휘함으로써, 그의 현실 인식과 상상력의 결합이 적절하다는 인상을 주었다. 「도봉근린공원」에서는 공원을 산책하는 자에게 보이는 사람들의 모습이 회화적으로 그려져 있는데, 사실 이러한 광경은 우리 주변의 어느 공원에서나 볼 수 있는 풍경일 것이다. 남을 배려하지 않고 오직 자신의 건강만을 위해 운동하는 사람들의 모습은 오늘날 우리 사회의 황폐한 정신 상황을 표상화하고 있는 것처럼 보인다. 또한 「봄밤」은 "천변 벤치에 누워 코를 고는 취객"을 대상으로 한 화자의 절묘한 상상력이 돋보이는 작품인데, 특히 끝 구절의 "어리둥절한 꽃잎 하나가 그를 덮는다/이불처럼/부의봉투처럼"에서 보여지는 것과 같은, 타자의 삶에 대한 깊은 이해와 역설적 인식이 읽는 사람에게 많은 공감을 주었다고 생각한다.

허수경은 시적 이미지들을 조립하고 전개하는 데 뛰어난 시인이다. 「이 가을의 무늬」는 "지난여름을 촘촘히 짜내렸던 빛은 이제 여름의 무늬를 풀어 내리기 시작했다"는 구절처럼, 여름이 지나고 가을이 문득 다가왔을 때의 감회를 현란한 이미지들로 표현한 시이다. 그 이미지들은 슬픔과 쓸쓸함의 분위기를 담고 있으면서도, 아름답고 풍요롭다. 한편 「연필 한 자루」는 연필 한 자루에 얽힌 기억을 이미지들로 형상화한 시라기보다, "우리는 단독자, 연필 한 자루였다"는 결연한 의지와 절실한 깨달음의 이미지를 통해 청춘의 정열과 아픔, 희망과 좌절의 다양한 기억들을 자유롭게, 혹은 기억이 떠오르는 대로 자연스럽게 엮은 작품이라고 생각한다.

나는 시의 주제와 형태가 다른 이 네 작품들 중에서 어떤 시가 수상작으로 선정되어도 좋겠다는 생각을 했는데, 결국 권혁웅 시인의 「봄밤」이 수상작으로 결정되었다. 권혁웅 시인에게는 축하의 인사를, 그리고 허수경 시인에게는 위로와 격려를 전하고 싶다.

일터에서도 술집에서도 방황하는
삶의 해석학

김인환 문학평론가

전봇대에 윗옷을 걸어두고 발치에는 양말을 벗어놓고 천변 벤치에 누워 코를 고는 사람이 있다. 주변에서 드물지 않게 보는 일이고 아마 우리 자신들도 몇 번쯤은 해보았을 일일 것이다. 시인은 이 풍경을 보면서 그 풍경의 의미를 탐색한다. 토할 때까지 술을 마신 사람은 그 자신을 마시고 토한 것이 아니었을까? 여섯 개의 행이 '다'로 끝나고 두 개의 행이 '까'로 끝나는데, 종결형 어미는 풍경을, 의문형 어미는 탐색을 나타낸다. 마시고 토하는 동안 그의 몸은 술이 통과하는 관에 지나지 않았다. 그는 자진해서 즐겁게 술을 마신 것이 아니었다. 현세와 통하는 스위치를 내린 후에 누군가 그의 지갑을 가져가서 그는 현세로 돌아갈 패스포트를 잃어버렸다. 시인은 모든 것을 방기한 상태의 편안함에 대하여 노래한다. 그는 목을 펴고 걷는 인간으로 진화하지 못했다. 목이 굽은 비정상 인간으로 사는 것이 싫었기 때문에 직립인간으로 진화하는 길 대신에 그는 수평인간이 되는 길을 선택하였다. 그러나 현세를 떠나는 바로 그 순간에 자연이 그를 마중 나온다. 자연이 침대와 옷걸이를 들고 그를 찾아와 그의 집이 되어준다. 봄밤이 그의 어머니가 되고 그는 봄밤의 슬하에서 아늑한 평화를 체험한다. 꽃잎 하나가 잠든 그의 몸에 떨어져 내린다. 시인이 보기에 그 꽃잎이 봄밤의 자애로운 마음을 정확하게 이해하고 있는 것 같지는 않다. 그의 몸 위에 얹혀 있는 꽃잎은 한편으로 그를 덮어주는 이불 같기도 하고 또 다른 한편으로 현세와 절연한 그를 조문하는 부의봉투 같기도 하다고 하기 때문이다. 그러므로 그 꽃잎은 "어리둥절한" 꽃잎이다. 꽃잎을 이불에 비유하고 다시 부의봉투에 비유함으로써 자연의 축복과 저주를 동시에 암시하였다는 점에서 이 시를 종결하는 세 행은 일터에서도 술집에서도 안식을 찾지 못하고 방황하는("전 생애를 걸고/이쪽저쪽으로 몰려다니는") 삶의 해석학이 된다. 이 어리둥절함은 앞으로 좀더 강조될 필요가 있을 듯하다. 권혁웅의 시는 혼돈을 말하지만 혼돈을 바라보는 시인의 시선은 대체로 단호하고 명확하였다. 대상이 동요하는 데에 따라서 바라보는 시선도 동요하지 않는다면 시의 의미를 확대시키기 어렵다. 세 음보의 빠른 리듬을 기조로 하고 음보 안의 음절을 최대한으로 변형하여 의미의 복합성을 살리면서 행말에 '다'와 '고'가 반복되는 전반부와 '듯이'와 '처럼'이 반복되는 후반부를 운율의 차이로 구별해놓은 것도 이 시를 재미있게 읽을 수 있게 하는 특징이 된다.

엄격한 예심을 거쳐온 작품들이어서 시인별 우열을 가릴 수는 없었으나, 시인에게 주는 상이 아니라 작품에 주는 상이라는 규정에 따라서 어렵게 권혁웅의 「봄밤」을 추천하였다.

본심에 오른 작품들을 읽으면서 시에 필요한 최소한의 연극성을 잘

살려내지 못한 시가 많은 것 같다는 생각이 들었다. 시를 노래라고 하고 연극을 놀이라고 한다면 노래와 놀이는 다같이 '놀다'에서 나왔다는 공통점을 가지고 있다. 시는 이야기로 하는 소설과 수필보다는 연극에 가까운 것이고 어떤 면에서는 시 자체를 작은 1인 연극이라고 할 수도 있다. 김영승과 김이듬의 자기 이야기는 시를 계속해서 쓸 수 있게 하고 독자로 하여금 그들의 시를 계속해서 따라 읽게 하는 동력이 되지만 반복되는 자기 이야기에는 개별 작품의 고유성을 부각시키지 못하는 면도 보인다. 함기석과 허수경의 시에는 이야기가 너무 많고 이원의 시에는 이야기가 너무 적다는 느낌을 받았다. 이번에 대상이 된 시들로만 본다면 허수경은 절실했던 경험들을, 그리고 함기석은 절실했던 관념들을 빼지 않고 담으려고 해서 긴장을 놓친 면이 있는 듯하다. 포섭과 제거는 어느 것이 더 중요하다고 할 수 없는 동전의 양면이 아닐까? 이원은 김영승과 김이듬의 방법을 참고해보는 것이 필요할지 모른다. 이야기를 하지 않으려는 시도는 의미가 있으나 시에 나오는 죽음이 몸으로 겪은 구체적인 사건이 아니라 어딘가 머리로 지어낸 추상적인 관념이라는 인상을 받을 때가 있기 때문이다.

일상성을 뒤집는 섬뜩한 인식과
능청스러운 해학

김기택 시인

미당문학상은 한 해에 발표된 시 작품을 망라하여 엄정한 예심의 첩첩
산중을 거쳐 최고의 한 작품을 가려 뽑고 그 과정과 결과를 함께 즐기
는 축제다. 그런 험난한 과정을 헤쳐온 10명의 시인들의 작품에서 우리
문학의 다양하고 풍요로운 지형도를 보며 한 해의 결실에 정점을 찍는
심사는 큰 즐거움인 동시에 부담이기도 하다. 올해 최상의 과실답게 후
보작들은 제각기 개성적이면서도 참신한 특징을 보여주었지만 뜻밖에
도 심사위원들의 눈길을 단번에 사로잡을 만한 작품을 찾기는 어려웠
다. 크게 기대했지만 과거에 보여주었던 빼어난 시적 성과에 미치지 못
한 시인들이 있는가 하면 새로운 변화를 추구하려다 오히려 과도기적인
혼란에 빠진 시인들도 있었다. 후보 시인군의 경향이 좀더 다양했으면
하는 아쉬움도 있었다. 논의는 길어지고 이견을 좁히는 일은 더뎠다. 그
러나 머리를 맞대고 논의와 숙고를 거듭한 끝에 권혁웅의 「봄밤」을 발
견하고 이견 없이 수상작으로 결정할 수 있었다. 난산 끝에 매우 뛰어

난 작품을 얻게 된 것을 다행스럽고 기쁘게 생각한다.

수상작은 술 취한 샐러리맨에서 매일 죽는 현대인의 모습을 보면서 우리의 삶과 일상을 깊이 있게 성찰한 시다. 얼핏 보면 자신은 빠지고 타인을 냉정하고 건조한 시선으로 보면서 조롱하는 객관적인 태도 때문에 진정성이 부족한 게 아닌가 생각하기 쉽다. 하지만 거기에는 남의 이야기를 하는 척하면서 자신의 삶의 비극적인 구조를 꿰뚫어보는 뼈아픈 자각이 감춰져 있을 뿐만 아니라 개인의 이야기를 무수한 타인의 삶으로 확장시키는 지혜도 있다. 일상성을 뒤집는 섬뜩한 인식과 그것을 능청스럽게 풀어내는 해학에서도 이 시가 가진 미덕이 두드러지게 드러난다. 수상자의 다른 후보작 역시 통쾌하고 재미있게 읽힌다. 일부러 촌스럽게 쓴 것 같은 문장 밑에는 날카로운 유머가 숨겨져 있어서 독자를 슬며시 웃게 만들지만, 단단히 멱살 잡힌 일상과 안일한 현실 인식에 뒤통수를 후려치기 때문에 결코 편하게 웃어넘길 수는 없다.

허수경의 「연필 한 자루」도 수상작과 겨루면서 마지막까지 고민하게 만든 수작이었다. 제 삶을 다 던진 것 같은 진정성과 끈질기고 집중적인 몰입이 느껴져서 이 작품을 선뜻 놓지 못하였다. 외국에 있으면서 모국어의 감각을 잃지 않고 오히려 다양한 경험을 넓고 깊은 시야로 형상화한 결과이기에 더욱 그러했다. 하지만 올해 최고 작품인 동시에 한 시인에게도 최고의 작품 중의 하나인지는 확신할 수 없었다.

세속의 나라에서, 세속의 주민이 되어

권혁웅

소식을 접하고 처음에는 기쁨이 조금 더 많았지만 나중에는 당혹감이 조금 더 많아졌습니다. 복권에 당첨된다면 이런 기분이 아닐까 생각했습니다. 이거 받으면 뭐할까 상상하면서 들뜬 시간을 보낸 다음 평상시 생활로 돌아가는 게 복권을 산 사람의 일상일 텐데요, 있을 법하지 않은 일이 일어났습니다. 다섯 분의 심사위원께서 복권 번호를 뽑듯 골라든 이름이 우연히 제 이름이었던 셈이지요. 며칠이 지난 후에야 기쁨도 당혹도 잠잠해졌습니다.

곰곰이 생각해보고는 기쁨과 당혹이 같은 감정임을 알았습니다. 그동안 네 권의 시집을 냈지만 저는 시인으로서보다는 비평가로 조금 더 알려졌습니다. 2005년에 낸 『미래파』란 한 권의 비평집 때문이었지요. 그 비평집이 일으킨 평지풍파는 제게도 무척 곤혹스러운 것이었습니다. 스스로를 시에 봉헌하겠다고 결심했는데 엉뚱한 곳에서 엉뚱한 소동을 일으킨 셈이 되었으니까요. 무엇보다도 그 소동이 시인으로서의 저 자신에게 좋지 못한 영향을 끼쳤습니다. 비평가는 분석하고 분류하고 정의하고 평가합니다. 비평을 쓰는 동안 저는 동료시인들의 마음을 이해하는 것 이상의 의도를 갖지 말자고 다짐했습니다만, 그 약속을 지키지 못했습니다. 의기소침을 생활의 정조로 삼으려는 즈음에 소식이 왔습니다. 수상 소식 앞에서 제가 느낀 기쁨은 시가 다시 저를 불러주었다는 바로 그 사실에서 비롯된 것이었습니다. 그럼에도 불구하고 제가 느낀 당혹감은 시인으로서 저 자신이 이런 호명에 응답할 만큼 준비가 되었는가 하는 것 때문이었습니다. 그 상이 미당의 이름으로 주어지는 상이기에 더더욱 그러했습니다.

　저는 시가 세속의 자식이라고 믿어왔습니다. 우리의 삶이 영위되는 이 난장, 이 통속, 이 슬픔의 자리가 아니고서는 시가 저 자신의 감정과 언어를 길어 올릴 수 있는 곳은 따로 존재하지 않을 것입니다. 저는 초월이나 본질을 믿지 않습니다. 초월이란 삶을 추상화하는 일이며 본질이란 삶에서 시간성을 제거하는 일이라 생각하기 때문입니다. 한때 그것을 감각이라고 불렀던 것은 시인의 몸이 삶과 부딪쳐 파열되는 그 순간에만 시가 삶의 윤곽을 포착할 수 있다고 믿어서입니다. 돌이켜보면 미당의 시는 광기와 관능을 품었을 때에도 신화와 유년의 땅에 가닿았을 때에도 이 감각을 놓친 적이 없습니다. 미당이 자신에게 초월주의자, 본질주의자의 면모를 부여할 때조차 그러했지요. 미당의 말은 시행 하나하나가 한 사물을 낳고 사연을 낳고 고백을 낳습니다. 저 천변만화는 겨우 제 길을 걸을 수 있게 된 까마득한 후배 시인이 가닿기에는 너무 먼 경지입니다만, 저는 서툴게나마 제 시가 그런 장삼이사의 현장을 떠나지 않기를 소망했습니다. 바로 이 세속에서만

한 개인의 실존이 자리를 잡고, 공동체의 곤경과 난경이 폭로되며, 미래에 대한 얇은 전망 하나가 깃들 수 있다고 저는 믿고 있습니다.

그것을 위해 제가 해야 할 일은 열심히 늙어가는 일, 부지런히 사랑하고 이별하고 슬퍼하고 다시 사랑하는 일, 아픈 이들의 곁에서 함께 앓는 일일 것입니다. 어떤 글에서 저는 이렇게 쓴 적이 있습니다. "나는 내 시가 진정한 삼류가 되기를 바랐다. 이를테면 뽕짝의 리듬을, 무협의 내공을, 동선의 슬랩스틱을, 음담의 설렘을, 스텝을 모르는 춤을, 몇 번째 반복하는 통성기도를 그리고 시가 되지 않는 고백을. 그것이 스타일이 아니라 내 영혼의 거울상이기를. 코스튬이 아니라 몸매이기를." 지금도 그 소망은 변치 않았습니다만, 소망은 늘 역량보다 크고 결과는 늘 의도보다 작아서 당도해야 할 누항(陋巷)이 잘 보이지 않았습니다. 이 암중모색의 시간에 미당의 이름으로 큰 격려가 주어졌습니다. 이제 힘을 내지 않을 도리가 없게 되었습니다. 네가 가려는 길을 안다고, 부지런히 가라고 격려해주신 천양희, 정희성, 김인환, 오생근, 김기택 선생님께 머리 숙여 감사드립니다. 제게 이 상은 시의 나라의 백성이 되었다는 표식과도 같습니다. 그 나라에서 발급한 주민등록증을 가진 느낌입니다. 이제 세금도 열심히 내고 소출도 부지런히 올리겠습니다. 감사합니다.

수상시인 권혁웅 특집

수상시인특집

제12회
미 당
문 학 상

일상의 다채로운 풍경들을 섬세하게 펼쳐낸 것일까?

시인 권혁웅은 애초의 출발지로 돌아왔을 뿐이다. 명료한 시선으로, 군더더기 없는 문장으로, 시에 대한 해박한 지식으로, 섬세한 감수성으로 세상을 조망하던 바로 그 애초의 자리를 그는 이제부터 세속이나 속세라고 부를 것이다. 그의 시에는 "전 생애를 걸고/이쪽저쪽으로 몰려다니는 동안"(「봄밤」)의 기록들이 바글거린다. 바로 이 순간에, 우리의 존재 조건이 삶에서 타진되고, 우리의 행동이 부침과 굴절을 겪으면서 어디론가 흘러가고, 우리의 삶이 겹겹의 모양새를 만들어내는 것이라고 믿기 때문이다. 이렇게 "중년과 초로 사이"의 평범한 사람들이 "감자탕 집"에서 수런거리고, "주부노래교실"을 무대로 삼아 시 속으로 보무도 당당하게 걸어 들어온다. 청년 권혁웅은 사라졌지만, 정서의 사실성을 교두보 삼아 "이 저녁의 평화는 왜 이리 분주한 것이며/요즈음의 태평성대는 왜 이리 쓸쓸한 것이냐"(「도봉·근린공원」)라고 되묻는 성찰의 목소리, 언어의 지적인 처리 능력과 기발한 재치로 일상을 시적 사건으로 환원해내는 저 새로운 목소리의 주인공이 탄생했다. 『마징가 계보학』에서 패러디와 웃음으로 과거를 감싸 안으며 구축해낸 비통한 서사나, 『소문들』에서 상재한 풍자와 비판의 세계는, 도도히 흐르는 세월과 부대끼며 힘겹게 그러컨, 세상 이곳저곳을 활보하는 사실적인 이야기들에게 제 바통을 넘긴다. 권혁웅 시인에게 삶을 살아간다는 것은 바로 삶을 살아낸다는 것이며, 그가 유머와 재치를 잃지 않고 시에서 보여준 저 삶의 결들은 바로 우리들의 자화상이다.

조재룡(문학평론가)

권혁웅   1967년 충주에서 태어나 고려대 국문과와 같은 학교 대학원을 졸업했다. 1996년 《중앙일보》 신춘문예에 평론이, 1997년 문예중앙 신인문학상에 시가 당선되어 작품 활동을 시작했다. 시집으로 『황금나무 아래서』, 『마징가 계보학』, 『그 얼굴에 입술을 대다』, 『소문들』이 있으며, 평론집 『미래파』, 이론서 『시론』, 신화연구서 『태초에 사랑이 있었다』, 『몬스터 멜랑콜리아』, 시선집 『당신을 읽는 시간』 등을 펴냈다. 현재 한양여대 문예창작과 교수이다.

제12회
미당
문학상
**수상
작**

봄밤
외
29편

권혁웅

봄밤

전봇대에 윗옷 걸어두고 발치에 양말 벗어두고
천변 벤치에 누워 코를 고는 취객
현세와 통하는 스위치를 화끈하게 내려버린
저 캄캄함 혹은 편안함
그는 자신을 마셔버린 거다
무슨 맛이었을까?
아니 그는 자신을 저기에 토해놓은 거다
이번엔 무슨 맛이었을까?
먹고 마시고 토하는 동안 그는 그냥 긴 관(管)이다
그가 전 생애를 걸고
이쪽저쪽으로 몰려다니는 동안
침대와 옷걸이를 들고 집이 그를 마중 나왔다
지갑은 누군가 가져간 지 오래,
현세로 돌아갈 패스포트를 잃어버렸으므로
그는 편안한 수평이 되어 있다
다시 직립인간이 되지는 않겠다는 듯이
부장 앞에서 목이 굽은 인간으로
다시 진화하지 않겠다는 듯이
봄밤이 거느린 슬하,

어리둥절한 꽃잎 하나가 그를 덮는다

이불처럼

부의봉투처럼

도봉근린공원

얼굴을 선캡과 마스크로 무장한 채
구십 도 각도로 팔을 뻗으며 다가오는 아낙들을 보면
인생이 무장강도 같다는 생각이 든다
동계적응훈련 같다는 생각이 든다
제대한 지 몇 년인데, 지갑은 집에 두고 왔는데,
우물쭈물하는 사이 윽박지르듯 지나쳐 간다
철봉 옆에는 허공을 걷는 사내들과
앉아서 제 몸을 들어 올리는 사내들이 있다 몇 갑자
내공을 들쳐 메고 무협지 밖으로 걸어 나온 자들이다
애먼 나무둥치에 몸을 비비는 저편 부부는
겨울잠에서 깨어난 곰을 닮았다
영역표시를 해놓는 거다
신문지 위에 소주와 순대를 진설한 노인은
지금 막 주지육림에 들었다
개울물이 포석정처럼 노인을 중심으로 돈다
약수터에 놓인 빨간 플라스틱 바가지는 예쁘고
헤픈 처녀 같아서 뭇입이 지나간 참이다
나도 머뭇거리며 손잡이 쪽에 얼굴을 가져간다
제일 많이 혀를 탄 곳이다 방금 나는

웬 노파와 입을 맞췄다
맨발 지압로에는 볼일 급한 애완견이 먼저 지나갔고
음이온 산책로에는 보행기를 끄는 고목이 서 있으니
놀랍도다, 이 저녁의 평화는 왜 이리 분주한 것이며
요즈음의 태평성대는 왜 이리 쓸쓸한 것이냐

애인은 토막 난 순대처럼 운다

지금 애인의 울음은 변비 비슷해서 두 시간째
끊겼다 이어졌다 한다
몸 안을 지나는 긴 울음통이 토막 나 있다
신의주찹쌀순대 2층, 순댓국을 앞에 두고
애인의 눈물은 간을 맞추고 있다
그는 눌린 머리 고기처럼 얼굴을 눌러
눈물을 짜낸다
새우젓이 짜부라진 그의 눈을 흉내 낸다
나는 당면처럼 미끄럽게 지나간
시간의 다발을 생각하고
마음이 선지처럼 붉어진다 다 잘게 썰린
옛날 일이다
연애의 길고 구부정한 구절양장을 지나는 동안
우리는 빨래판에 치댄 표정이 되었지
융털 촘촘한 세월이었다고 하기엔
뭔가가 빠져 있다
지금 마늘과 깍두기만 먹고 견딘다 해도
동굴 같은 내장 같은
애인의 목구멍을 다시 채워줄 수는 없을 것이다

나는 버릇처럼 애인의 얼굴을 만지려다 만다
휴지를 든 손이 변비 앞에서 멈칫하고 만다

금영노래방에서 두 시간

너의 박수가 후렴 너머를 향해 있다는 건
진즉에 알았다
나의 십팔번을 네가 먼저 부를 때
나는 탬버린처럼 소심해져서 바닷바람을 맞는
화면 속 여자나 쳐다보는 것이다
사무실의자가 멈춰 서서 두리번거리는 두발짐승이라면
여기 놓인 소파의 기원은 파충류여서
언제 내 손을 물고 첨벙대는 무대로 끌고 갈지 모른다
그렇다면 부장 앞에서
피처링을 하겠다고 달려드는 저 사원들은
악어새가 아니면 새끼 악어들,
내 예약곡 다음에 우선예약을 누르는 악다구니들,
너는 취해서 잘못 누른
옛 애인의 번호처럼 옆방에 들러 한 곡 부르고 온다
네 이웃의 마이크를 탐하다니
남의 손가락 사이에 타액과 DNA를 묻히고 오다니
나는 미러볼처럼 어리둥절해져서
세 번째 10분 추가 안내문을 멀뚱히 쳐다본다
그제 부른 노래를 또 부르는 너

와우, 어디서 좀 놀았군요, 감상문이 가리키는 곳이
바로 여기였음을 너는 모른다
나는 WHITE를 마시던 손가락으로
간주점프를 눌러 몰래 복수나 하는 것이다

호랑이가 온다 1

건넌방 아줌마는 남묘호렌게쿄 신자였다
하루 종일 남묘호랑이를 외웠다
그 집 아저씨는 파킨슨병 환자,
누우면 떨고 걸으면 섰으며 밤에는 깨어 있었다
남묘호랑이, 남묘호랑이…… 남쪽 묘지에 호랑이
호랑이는 뭐하나 몰라, 저이 좀 안 잡아가고
이웃 사람들이 수군거렸다
남묘호렌게쿄는 나무묘법연화경의 일본식 발음,
말하자면 일본과 미국이
호랑이와 사시나무가 한집에 살았던 셈인데
남묘호랑이, 남묘호랑이…… 남쪽 묘지에 호랑이
내내 호신(虎神)을 청원하던 아줌마,
어우 씨발! 대신 으르렁거리고
제자리걸음으로 남행하던 아저씨는
또 얼마나 열심이었을까
아무리 기도해도 지상이라고
저 창가에 햇살 올가미를 누가 좀 당겨달라고

기침의 현상학

할머니가 흉곽에서 오래된 기침 하나를 꺼낸다
물먹은 성냥처럼 까무룩 꺼지는 파찰음이다
질 낮은 담배와의 물물교환이다
이 기침의 연대는 석탄기다
부엌 한쪽에 쌓아두었다가 원천징수하듯
차곡차곡 꺼내어 쓴 그을음들이다
할머니는 가만가만 아랫목으로 구들장으로
아궁이로 내려간다 구공탄 구멍마다
폐(廢), 적(寂), 요(寥) 같은 단어가 숨어 있다
벌겋게 달아올라 있다 가끔
일산화탄소들이 비눗방울처럼 올라온다
할머니, 기침 하나를 펴서 아랫목에 널어둔다
장판은 담뱃재와 열기로 까맣고 동그랗다
기침을 꺼냈는데 폐 전체가 딸려 나온 거다
양쪽 폐를 칠하느라 염료를 다 써서
할머니 머리는 온통 하얗다

고스톱 치는 순서는 왜 왼쪽인가

　우리 고모, 하루 종일 노인정에 나가 고스톱을 치지요 "이게 치매 예방에 그렇게 좋다네." 그놈의 예방주사 부작용으로 좌골신경통과 오십견이 왔어도 우리 고모, 못 먹어도 고지요 고모부는 건영아파트 105동 입구에서 2교대로 시간을 지키고 있고 세 아들은 명절에만 오지요 달팽이처럼 똬리를 틀고 앉아서 우리 고모, 동네 할머니들에게 점 십짜리 운명을 배당하지요 늙은 닌자가 헌 표창 날리듯 오른쪽에서 왼쪽으로 날아가 꽂히는 붉은 서표(書標)들, 신음할 새도 없이 광박이나 피박을 쓰고 엎드리는 노인들은 오늘도 0.1도쯤 허리가 기울었지요 달팽이잡이뱀은 달팽이집이 오른돌이, 그러니까 시계방향으로 자란 것만 먹는다지요 오른쪽에 이가 12개 정도 더 나 있어서, 오른돌이만 잡아낸다지요 그 열둘이야말로 시간을 말하는 숫자들이지요 시간을 따라가면 죽음과 마주치게 된다는 뜻, 그래서 고스톱 치는 순서가 왼돌이일 거예요 우리 고모, 동네 할머니들과 힘을 합쳐 시간에 저항하고 있는 거예요

춘천닭갈비 집에서

지금 당신은 뼈 없는 닭갈비처럼 마음이 비벼져서
불판 위에서 익고 있지
나는 당신에게 슬픔도 때로는 매콤하다고 말했지
당신이 생각하는 그이는
이미 오이냉국처럼 마음이 식었다고 일러주었지
그이를 한입 떠 넣는다고 해서
당신 마음의 뼈는 돌아오지 않는 거라고
닭 껍질처럼 오돌토돌한 소름은
숨길 수가 없는 거라고 얘기했지
내가 할 수 있는 일이란
앞치마를 두른 채 조금 튄, 당신의 슬픔을 받아내는 일
당신은 없는 그이를 생각하고
나는 고구마와 함께 익어가는 당신을 생각하고
그렇다면 우리의 삼각관계는
떡, 소시지, 양배추, 쫄면으로 치장한다고 해도
그냥 먹고 남은 부스러기에 지나지 않는 것이지
나는 조금 속이 타서 찬물을 마셨지
나는 당신 앞에서 물먹은 사람이 되었지
그것도 셀프서비스였지

조마루 감자탕 집에서

부장님은 이곳에 없다
눈발처럼 날리는 결재서류 너머에 있다
올해 처음 내린 눈처럼 그대는 깨끗한 서류를 밟고 왔다
그대의 자존심은 척추까지 부러졌다
봐라, 골수가 다 새어 나온다
이건 눈물이 아니야
참이슬 먹은 그대 눈에 더러운 이슬이 맺혔다
그대의 얼굴은 우거지처럼 풀이 죽었고
그대가 유지했던 형체는 젓가락만 대도 무너진다
부장님에게는 골다공증이 없고
부장님의 허리는 젓가락보다 꼿꼿하다
화탕지옥이야, 마누라만 아니면 여기 안 있어
아내는 먼 데서도 그대를 지탱해준다
눈발처럼 내미는 아내의 하얀 손,
그대는 금세, 끓는 수제비처럼 조금 부푼다
조금 부었다고 말해도 좋다
그대의 정신이 들깨처럼 천천히 풀어지는 동안
제 부피를 늘리다가 졸아붙는 국물 속에
감자만이 멀뚱멀뚱 놓여 있다
여기가 어디지? 하는 표정이다

첫사랑

어머니에게 목디스크가 왔다 하필이면 오른손에 왔다
새벽기도 20년 만에 왼손이 하는 일을 오른손이 모르게 되었다
그동안 수고 많았다고 깜깜 어둠이 악수를 건네려는 건지,
사방이 인적 끊긴 놀이터가 되었다
이제 단풍놀이 가는 버스 안에서 막춤을 출 수도
고스톱 치며 상대가 싼 거 먹을 때
마음의 박수를 대신해서 따귀소리를 올려붙일 수도 없게 되었다
어머니에게 목디스크가 왔다
행주 잡은 손으로 플러그를 뽑은 것처럼
스치기만 해도 저릿저릿하다고 한다
처음 집 앞 놀이터로 아버지가 찾아왔던
57년 전과 똑같다고, 그때 스친 손끝 같다고 한다
다소곳한 고개를 다시 들 수 없게 되었다고 한다

요단강 이야기

췌장암이라 했다 발견한 지 세 달 만에 그는 요단강을 건넜다 동맥이 암세포를 실어 나르는 곳이어서 나루가 아니라 전진기지라 했다 정신 나간 돌연변이 세포들이 인해전술을 흉내 내며 바글바글 흩어졌다 ……여호수아가 언약궤를 앞세워 요단강에 발을 들이자 강물이 멈춰 서서 맨땅이 드러났다 맨 처음 여리고 성으로 그다음엔 아이 성으로 쳐들어갔다 ……뱃머리처럼 수술 칼이 배를 가르니, 핏물이 옆구리 양쪽으로 달아났다 아이고, 소리가 절로 났다 췌장을 이자라고도 부른다 개복해보니 이자가 자본주의처럼 불어나 있더라 했다 ……여호수아는 강을 건넌 후에, 그 땅의 원주민을 싸그리 죽였다 남녀노소를 가리지 않고 소와 양과 나귀를 가리지 않고 죽였다 물건은 빼앗아 가졌다 ……석 달 동안 그가 안 해본 것은 없었다 다행히 전이되는 속도가 가산탕진의 속도보다 빨랐다 푸닥거리로 의사의 언약을 이길 수는 없었다 여기는 정말로 젖과 꿀이 흐르는구나 암세포들이 환호하며 발광했다 ……여호수아는 제비를 뽑아 땅을 분배했다 레위 지파만 빼고 열두 지파가 골고루 땅을 나눠가졌다 ……그도 요단강을 건넜으나 혼자 분깃이 없었다 무배당 암보험 하나 들어두지 못했다 후손들은 레위 지파처럼 제사나 지내며 살 팔자였다 그는 하필이면 꽝을 뽑았다

호구(糊口)

조바심이 입술에 침을 바른다
입을 봉해서, 입술 채로, 그대에게 배달하고 싶다는 거다
목 아래가 다 추신이라는 거다

소문들

― 유 파 (流派)

소림, 무당, 화산, 아미, 곤륜, 개방…… 따위는 물 건너온 허깨비 유
파라, 그 세력이 다한 지 이미 오래다 작금에 이르러 중원에 위명을 날
리는 것은 새로운 9파 1방이니, 마땅히 시사 상식에 기록해둘 일이다

1. 공중(恐衆)

최대 유파는 공중인데, 혹자는 이를 공인중개사의 약자라고도 한다
중원의 모든 현과 읍에 지부를 두었으며 집을 매매하는 자에게 구전을
뜯어 규모를 키웠다 기밀문서를 다루는 이런 곳을 일러 복덕방이라고
도 하는데, 무예를 연마하는 기원, 심신을 수양하는 근린공원, 생활 터
전인 노인정과 함께 공중의 4대 거점이다 최근 정리해고와 의술의 발
달로 그 수가 더욱 늘어, 미래의 중원은 공중화 사회가 될 것이라는 참
요까지 생겼다

2. 초징(楚澄)

초나라에서 유래한 청류파로 이름난 문사들이 많이 났으나 최근에
는 세를 불리는 과정에서 교언영색을 일삼아 위명을 제법 잃었다 문필
을 업으로 삼아 향교와 서당을 장악했는데 이런 배움터를 초등학교라
한다 학문에 뜻을 둔 자는 이들에게서 배움을 시작하는 것이 불문율
이다 이들에게 찍혀 뜻을 꺾은 문사가 부지기수다 악플〔惡筆〕이라 부

르는 암기를 쓰는데, 이를 맞으면 오장육부가 뒤틀리고 칠공에서 피를 쏟는다고 알려져 있다

3. 기독(氣毒)

무당파의 후예이며 십일조라는 조직 체계를 내세워 크게 흥성했다 열 명이 한 조를 이루는데 각 조의 우두머리를 십부장, 십부장 열의 우두머리를 백부장이라 하여 천부장, 만부장에 이른다 십만부장 이상이 되면 대목이라 하여 그 직위를 세습할 수 있다 신구약진경이란 비급을 귀히 여기나 꼭 거기에 얽매여 살지는 않는다 축도신공, 무소부재검, 전지전능권, 출입매시축복수, 불신지옥인, 박멸발갱이진 등의 절세무공을 쓴다

4. 덕후(德侯)

장강 이남에 자리를 잡아 오(吳)나라의 덕후(타쿠)라 불리지만 실은 은둔자 무리(히키)와 함께 열도에서 건너온 왜인들이다 둘을 묶어 폐인이라 손가락질하는 이도 있으나 문예부흥을 이끌었다고 칭송하는 이도 있다 비전절기를 전수받은 소규모 구성원들이 은밀히 모임을 갖기 때문에 그 수가 얼마인지는 알 수 없다 기문둔갑술, 변신술, 소환술에 능해 남자가 여자로, 노인이 학생으로, 사람이 로봇으로 변신한다

5. 파파(婆跛)

평소에 노파나 절뚝발이로 위장한다고 해서 이 이름이 붙었다 철저히 이익만을 좇는 전문 살수 집단으로 만금을 주면 임금도 암살한다고 알려져 있다 이들이 펼치는 천라지망을 파파라(婆跛羅)라 하고 파파라에 걸려든 경우를 일러 파파라치(婆跛羅致)라 한다 한번 파파의 표적이 되면 집에서도 길에서도 마음을 놓을 수 없다 청운답보라 불리는 경공의 대가들이어서 어디든 잠입과 매복이 가능하기 때문이다

6. 중마(狆魔)

중원 제일의 미녀 집단이 미수(美嫂)인데, 이들이 혼인을 통해서 미색을 잃고 삼 갑자의 내공을 얻으면 미세수(美世嫂)가 되고, 육 갑자를 얻으면 중마가 된다 중마가 되기 위해서는 달리는 버스 통로에서 막춤이라 불리는 고난도의 무예를 시전해야 한다 십 갑자에 이른 으뜸 중마를 아중마(雅狆魔)라 하며 중원에서 당해낼 자가 없다 이들의 비밀 결사 모임이 계다 계에서는 돼지를 잡아 제사를 지내는데 이 돼지를 계돈이라 한다

7. 용역(龍另)

용산에서 발흥했으며 우면산의 검경(劍京), 발치산의 공산(恐汕)과

함께 3대 조폭이었으나 동이와 오환의 대살육 때에—이를 육이오(戮夷烏)라 부른다—검경과 연합, 공산을 궤멸하여 장안을 장악했다 정직한 자를 잡아가고 가난한 자를 태워 죽이며 속이는 자에게 쌀을 주고 부유한 자의 곳간을 지켜, 그 악명이 자자하다 최루탄지공, 개발이익조, 아수라권, 물대포신장, 소요진압진 등의 연합 무공을 쓴다

8. 성어(聲漁)

뭇사람들을 강시로 만드는 공전절후한 무공을 소유한 유파다 이들은 사람들의 이배혈에 1촌이 채 못 되는 얇은 침을 찔러 넣는데, 이 침을 수편(手鞭) 혹은 핸드폰이라 부른다 수편에 맞으면 이들의 전음입밀에 지배되어 꼼짝없이 놀아나게 된다 목소리 하나로 사람을 낚시질한다고 하여, 스스로도 사람을 낚는 어부라 칭한다 이들의 궁이 남해나 설산에 있어 이들을 벽안의 고수로 보는 이들이 있지만 실제로는 중원인들이다

9. 사군(思君)

충의를 으뜸가는 덕목으로 내세우지만 고리대금이 주된 일이다 장문인이 장씨여서 세간에서는 이들을 장문세가(張門世家) 혹은 장사꾼이라 부른다 "떼인 돈 받아드립니다"에서 "달아난 고세인 처녀 잡아드립

니다"에 이르기까지, 돈이 되는 일이면 무엇이든지 한다 우공이산이라, 멀쩡한 산을 옮기고 상전벽해라, 보기 좋은 바다를 메우는 게 이들의 일이다 임금과 시장의 보이지 않는 손을 믿어 탈세와 포탈이 이루 말할 수 없다

10. 고세(高世)

중원이 강역을 크게 넓히자, 살 곳을 잃은 사이(四夷)의 민초들이 낙양 주변에 몰려들어 월하촌을 이루었는데, 여기서 태어난 이들을 고세인(高世人)이라 한다 남만과 북적에서 인신매매로 잡혀온 아녀자들이 낳은 자식도 고세인이다 장강을 경계로 중원의 경제가 크게 나뉘었으니, 강남에 정규직인 장녀(漿女)가 있다면 강북에 비정규직인 고세가 있다는 속담은 이런 현상을 이르는 말이다

소문들

— 진 법 (陣法)

본래 진법은 논변과 같은 것이다 삼군(三軍)을 놀려 적진을 무너뜨리는 진법은 세 치 혀를 놀려 상대를 무너뜨리는 논전(論戰)의 기술이기도 하다 여기 새로이 개발한 진법을 소개해둔다

1. 개무시진(開武示陳)

허허실실의 진이 개무시진이다 팔문금쇄진에는 휴(休) 생(生) 상(傷) 두(杜) 경(景) 사(死) 경(驚) 개(開)라는 여덟 출구가 있다 이 가운데 개문으로 적을 유인한 후에 도륙하는 진이 개무시진이다 적군이 이 진에 빠지면 압도적인 무력 앞에서 출구를 찾지 못하고 바닥없는 절망에 이르게 된다

2. 묘탁번진(妙卓番陳)

양익이 나서면 학익진이고 중군이 앞서면 추형진이다 묘탁번진은 이 두 진을 합쳐 적을 포위하는 동시에 돌파하는 진이다 이 진을 위해서는 일사불란한 지휘 체계가 관건이므로 전장에서 잔뼈가 굵은 고참병들을 활용해야 한다 혹자는 탁번을 학번(虐番: 교대로 학살함)이라고도 부른다

3. 후다마진(後多馬陳)

보병으로 일자진을 펴고, 그 뒤에 기병을 숨겨 아군의 진 깊숙이 들어온 적을 섬멸하는 진이다 후방에 말들이 많다 하여 이 이름이 붙었다 혹은 패주하는 적들을 끝까지 추격할 수 있어서 이렇게 부른다고도 한다 이 진에 걸리면 거의가 전멸하게 되어 있어서 재기하기가 어렵다

4. 비우순진(飛羽殉陳)

기러기가 날개를 편 모양으로 돌격하는 진을 안행진이라 한다 비우순진은 이를 극단적으로 전개한 것으로, 양익의 끝에 별동대를 두어 적을 감싸 안고 후방부터 무너뜨리는 진법이다 아무리 강력한 진이라도 우그러뜨릴 수 있다는 장점이 있으나, 별동대의 피해가 크다는 단점이 있다

5. 단죽진(斷竹陳)

쐐기 모양의 추형진은 강력한 기동력을 앞세워 적진을 파죽지세(破竹之勢)로 돌파하는 진이다 단죽진은 세로로 쪼개 오는 파죽진을 맞아 가로로 맞서는 방어진이다 움푹 파인 진의 모습이 해오라기와 같다 하여 단청진(斷鵲陳), 선봉을 먼저 깨부수므로 단전진(斷前陳)이라고도 부른다

6. 말돌려진(靺突旅陳)

기마민족인 말갈과 돌궐의 진법에서 따왔다 500명을 한 대(隊)로 삼는 군제를 여(旅)라 하는데, 기병으로 이루어진 여로 둥근 방원진을 이루고 이를 물고기 비늘처럼 연속해서 전개하는 진이다 무서운 속도로 적진을 공략하므로 아무리 원거리에 있는 적이라도 순식간에 파괴할 수 있다

첫사랑
— 야생동물 보호구역 2

1

파라과이의 사막에 사는 풍선개구리(*Lepidobatrachus laevis*)는 쓰고 버린 개집이나 퍼질러놓은 똥처럼 생겼다 짧은 우기가 왔을 때 물을 빨아들이기 위해서다 미안하지만 버려진 것은 눈물을 삼켜도 버려진 것이다 생리나 설사를 기록해둔 첫날밤이란 없다 그는 가끔 뒷발로 서서 몸을 부풀리며 소리를 지른다 변심한 애인의 집을 찾아가…… 운운하는 주인공을 따라하는 것이다 미안하지만 그것은 운명극이 아니라 풍선 터뜨리기 놀이다 한번 터진 풍선은 다시는 터지지 않는다

2

슬로베니아의 동굴도롱뇽(*Proteus anguinus*)은 오천만 년 전 대륙이 갈라질 때 북미에 사는 다른 도롱뇽과 헤어졌다 이제는 눈도 잃고 피부색도 잃고 차가운 물에서 아주 조금만 먹으며 산다 아무도 보지 않으니 걸칠 옷도 없다 그의 속살은 아프다기보다 무섭다 그에게는 방귀도 신물도 제행무상(諸行無常)도 없고 소문도 곁눈질도 호접몽도 없다 그것은 비애극이 아니라 무성영화다 다른 도롱뇽들은 오천만 년 전에 그와 헤어졌다는 것을 잊었고 이제는 그를 잊었다는 사실마저 잊었다

노인들
— 야생동물 보호구역 3

1

심해는 춥고 빽빽하고 캄캄하다 바늘방석아귀(*Neoceratias spinifer*)는
여러 달을 꼼짝 않고 누워서는 누군가의 기척을 기다린다 아귀들은 뼈
와 근육이 약하다 옆 지느러미는 짧고 뭉툭해서 안을 수 없고 입은 크
고 가시가 돋아 무엇이든 걸리게 되어 있으니 포옹이 포식인 삶도 있다
혼자 사는 건 대개 암컷이다 수컷은 암컷을 만나면 먼저 물고 그다음
에 파고든다 몸속에 자리를 잡으면 암컷의 피를 빨아 먹고 산다 그러
니까, 그게, 서방인지 남방인지 걸인 하나 들어왔다고

2

독거가 있다면 취로사업도 있다 나무수염아귀(*Linophryne arborifera*)는
빛을 내는 나뭇가지를 몸 앞에 달았다 그러니까 그가 지나간 곳이면
어디든 길이 난다 수심 3,500미터에서, 발광하는 연둣빛 앞에서 아귀
의 피부와 주름을 얘기하는 건 번문욕례다 가만 보면 그 등은 신행길
을 밝히는 청사초롱 같기도 하다 춥고 빽빽하고 조용한 심해에서 그는
환한 묵음이다 어린 경찰이 호루라기를 불어도 무단횡단하는 노파가
들을 리 없다 그러니까, 어서어서, 서방인지 남방인지 찾아가야 한다고

소오강호

— 드라마 7

몸이 허공에 뜬 후에야 윤(尹)은 도를 알았다 첫 번째 걸음에 고장 난 브레이크와 생명보험의 관계를, 두 번째 걸음에 자기 앞에 어동육 서, 좌포우혜를 펼칠 안(安)의 심모원려를,

그리고 마지막 걸음에 조강지처인 자기 대신에 들어설 현모양처의 어렴풋한 윤곽을 알았다 윤은 허공답보의 초식을 깨쳤으나 그것을 시전하기에는 시간이 너무 없었다

구사일생이란 꼭, 반드시, 살아난다는 뜻이다 주화입마를 극복하고 천신만고와 전신성형을 거쳐서 윤은 돌아왔다 님이라는 글자에 점 하나를 찍어서 남이 된 여자가 여기에 있으니, 이것이 남비 근성이다

윤은 환영대법을 펼쳤다 태양혈에 찍어둔 점 하나로 순식간에 안의 기를 빨아들였다 뜨거운 차 한잔 마실 시간에 벌어진 일이었다 미혼 산 없이도 안의 혼은 공사장의 비산 먼지였다

금강불괴는 다진 고기가 되었고 만년한철은 녹은 봄눈이 되었다 안 의 몸과 마음 얘기다 남이라는 글자에서 점 하나를 지워 님이 된 남자 가 여기에 있으니, 이것이 님비 현상이다

안이 현모양처를 버리고 조강지처에게 돌아온 그날 밤, 윤은 안의 귀에 대고 전음입밀의 수법으로 속삭였다 꿈에서 깨면 너는 날개 잘린 나비가 되어 있을 거야, 거기 잘린 장자보다는 낫잖아? 안 그래?

윤이 안과 동귀어진 하려는 순간, 만년인형설삼을 닮은 아이 하나가 들어온다 엄마 없는 하늘 아래가 거기다 때아닌 경극이지만, 윤의 단전에는 뜨겁게 치미는 게 있다 물론 안의 눈에서도

만천화우와 행운유수는 암기와 독수지만 엔딩 신으로도 상관은 없다 꽃비 아래서 윤과 안과 아이는 가부좌를 틀고 앉아 염화미소를 짓는다 남비와 님비 사이에서, 다들 비위도 좋다 참 좋다

목측기(目測記)
─눈 1

　내가 너를 가게 했다 내가 시선을 거두자 네가 쓰러졌다 너는 줄을 놓아버린 인형이었다 무릎에도 팔꿈치에도 목이나 등에도 뼈가 없었다 내게 난 두 개의 두덩은 실타래였다 내가 너를 가게 했다 관절이란 관절은 모두 꺾었고 목은 비틀어 몸 안에 우겨 넣었다 너는 형신(形身)을 놓아버린 인형이었다 흐느적거리며 너는 무너졌다 내가 너를 가게 했다

마흔한 번의 낮과 밤

계속해야 한다. 계속할 수 없지만, 계속할 것이다.
— 베케트

이를테면 심장 근처에도 약음기(弱音器)라는 게 있어서 떨리는 줄을 지그시 누를 수 있으면 좋겠다 서로 다른 선(線)이 공명을 부를 터이니 이 문장이 다른 문장과 만나 조용히 어두워지면 좋겠다 소리에도 색이 있다면 내가 디딘 계단은 무채색의 반음계여도 좋겠다 그가 내려올까 말까 망설일 때 내가 이 못갖춘마디를 먼저 올라갔으면 좋겠다 그래서 줄에 걸린 심장의 두근거림이 천천히 잦아든다면, 그게 어두워지는 것이라면, 그렇게 눈을 감는 것이라면

청춘 3

심야의 고속버스는 운구행렬이다 나란히 누운 이들이 몽유(夢遊)의
도로 위를 둥둥 떠다닌다 벗어둔 신발에 고인 추깃물이 넘쳐 바닥에
흐른다 그 위를 지나가는 조그만 호곡(號哭)들,

뒷머리를 한 입씩 베어 먹힌 이들이
0시 20분의 터미널을 걸어 나오고 있다

누군가 그대의 생각을 조금, 아주 조금
덜어간 것이다

상상동물 이야기 15
― 관흉국인(貫胸國人)

해외(海外)의 동남쪽에 관흉국이 있다 이 나라 사람들은 가슴에 구멍이 뚫려 있어서, 귀한 사람을 모셔갈 때, 앞뒤에 선 사람들이 긴 장대를 가슴에 꽂고 그걸로 귀인을 꿰어 간다

상처 받은 사람을 곧장 떠올린다면
당신도 한때는 관흉국에 살았다
그 사람이 오래된 타일처럼 떨어져나갔다
대신에 그곳을 바람이 들고난다

마징가 계보학

1. 마징가 Z

기운 센 천하장사가 우리 옆집에 살았다 밤만 되면 갈지자로 걸으며 고래고래 소리를 질렀다 고철을 수집하는 사람이었지만 고철보다는 진로를 더 많이 모았다 아내가 밤마다 우리 집에 도망을 왔는데, 새벽이 되면 계란 프라이를 만들어 돌아가곤 했다 그는 무쇠로 만든 사람, 지칠 줄 모르고 그릇과 프라이팬과 화장품을 창문으로 던졌다 계란 한 판이 금세 없어졌다

2. 그레이트 마징가

어느 날 천하장사가 흠씬 얻어맞았다 아내와 가재를 번갈아 두들겨 패는 소란을 참다못해 옆집 남자가 나섰던 것이다 오방떡을 만들어 파는 사내였는데, 오방떡 만드는 무쇠 틀로 천하장사의 얼굴에 타원형 무늬를 여럿 새겨 넣었다고 한다 오방떡 기계로 계란빵도 만든다 그가 옆집의 계란 사용법을 유감스러워했음에 틀림이 없다

3. 짱가

위대한 그 이름도 오래가지는 못했다 그가 오후에 나가서 한밤에 돌아오는 동안, 그의 아내는 한밤에 나가서 오후에 돌아오더니 마침내 집을 나와 먼 산을 넘어 날아갔다 어디선가 누군가에 무슨 일이 생겼다

그 일이 사내의 집에서가 아니라 먼 산 너머에서 생겼다는 게 문제였다 사내는 오방떡 장사를 때려치우고, 엄청난 기운으로, 여자를 찾아다녔다 계란으로 먼 산 치기였다

4. 그랜다이저

여자는 날아서 어디로 갔을까? 내가 아는 4대 명산은 낙산, 성북산, 개운산 그리고 미아리 고개, 그 너머가 외계였다 수많은 버스가 UFO 군단처럼 고개를 넘어왔다가 고개를 넘어갔다 사내에게 역마(驛馬)가 있었다면 여자에게는 도화(桃花)가 있었다 말 타고 찾아간 계곡, 복숭아꽃 시냇물에 떠내려 오니…… 그들이 거기서 세월과 계란을 잊은 채…… 초록빛 자연과 푸른 하늘과…… 내내 행복하기를 바란다

쑥대머리

제가 다니던 삼선교회엔 유난히 숙이 많았죠
은숙(恩淑)이, 애숙(愛淑)이, 양숙(良淑)이, 현숙(賢淑)이, 경숙(京淑)이,
남숙(南淑)이, 난숙(蘭淑)이, 미숙(美淑)이, 정숙(貞淑)이……
그야말로 쑥밭이었죠 제일 믿음이 좋았던 애는 은숙이,
애숙이는 잠시 나를 사랑했고
양숙이와 현숙이는 정말로 현모양처가 되었죠
경숙이는 지금도 서울에 살지만, 남숙이는
먼 데로 이사 갔답니다
난숙이는 청초했고 미숙이는 예뻤는데
지금도 제일 기억나는 애는 정숙이예요
어렸을 때 귤껍질 넣은
뜨거운 주전자 물을 뒤집어썼지만
한 올의 흐트러짐도 없던 아이,
그러던 어느 성탄절에 성극을 하다가
두건과 함께 가발이 홀랑 벗겨진
울지도 않고 끝까지 마리아 역할을 하고는
그 길로 교회를 떠난 아이, 지금도 어디선가
단정한 자세로 앉아
거지꼴을 한 동방박사들을 기다리는 거나 아닌지요

독수리 오형제

0. 기지(基地)

정복이네는 우리 집보다 해발 30미터가 더 높은 곳에 살았다 조그
만 둥지에서 4남 1녀가 엄마와 눈 없는 곰들과 살았다 곰들에게 눈알
을 붙여주면서 바글바글 살았다 가끔 수금하러 아버지가 다녀갔다

1. 독수리

큰형이 눈 뜬 곰들을 다 잡아먹었다 혼자 대학을 나온 형은 졸업하자
마자 둥지를 떠나 고시원에 들어갔다 형은 작은 집을 나와서 더 작은 집
에 들어갔다 그렇게 십년을 보냈다 새끼 곰들이 다 클 만한 세월이었다

2. 콘돌

둘째 형은 이름난 싸움꾼이었다 십 대 일로 싸워 이겼다는 무용담
이 어깨 위에서 별처럼 반짝이곤 했다 형은 곰들이 눈을 뜨건 말건 상
관하지 않았다 둘째 형이 큰집에 살러 가느라 집을 비우면 작은집에서
살던 아버지가 찾아왔다

3. 백조

누나는 자주 엄마에게 대들었다 엄마는 왜 그렇게 곰같이 살아! 나
는 그렇게 안 살아! 눈알을 박아 넣는 엄마 손이 가늘게 떨렸다 누나

손은 미싱을 돌리기에는 너무 우아했다 누나는 술잔을 집었다

4. 제비

정복이는 꼬마 웨이터였다 누나와 이름 모르는 아저씨들 사이를 부
지런히 오가며 소식을 주워 날랐다 봄날은 오지 않고 박꽃도 피지 않
았으며 곰들도 겨울잠에서 깨어날 줄 몰랐다 그냥, 정복이만 바빴다

5. 올빼미

하루는 아버지가 작은집에서 뚱뚱한 아이를 데려왔다 인사해라, 네
셋째 형이다 새로 생긴 형은 말도 하지 않았고 학교에 가지도 않았다
그저 밤중에 앉아서 눈 뜬 곰들과 노는 게 전부였다 연탄가스를 마셨
다고 했다

6. 불새

우리는 정복이네보다 해발 30미터가 낮은 곳에 살았다 길이 점점 좁
아졌으므로 그 집에 불이 났을 때 소방차는 우리 집 앞에서 멈추었다
그들은 불타는 곰발바닥들을 버려두고, 그렇게, 하늘로 날아올랐다

---

* 사실 독수리 오형제는 독수리들도 아니고, 오형제도 아니다. 다섯 조류가 모인 의남매다. 다
섯이 모이면 불새로 변해서 싸운다.

당신을 만지지 않아서
내가 노래하는 건 아니죠

당신을 만지지 않아서 내가 노래하는 건 아니죠[*]

내 노래는 당신의 얇은 피부 밑을 흐르는

혈관 같은 것, 손대지 않아도 노래는

당신의 심장에서 나와 심장으로 돌아가죠

당신을 만지지 않아서 내가 노래하는 건 아니죠

내 손은 당신의 심장을 기억하고

그래서 언제나 둥근 허공을 어루만지고

노래는 손가락 끝에 맺혀 있어요

당신을 만지지 않아서 내가 노래하는 건 아니죠

내 입술이 만들어내는 소리의 동심원들이

당신을 만나 내게로 돌아오고 있어요

들숨과 날숨 사이, 거기 그렇게 당신이 있어요

---

[*] "To not touch your skin is not why I sing": 노라 존스의 노래 〈I've got to see you again〉에서.

내 사랑 유자 씨

저기 머리통 하나 굴러간다
노랗게 질려서, 내 사랑 유자 씨* 굴러간다
진초록 잎을 매단 치마솔기 말아 쥐고
재게 발을 놀리며, 덩굴째 굴러간다
연탄집게를 손에 들고 유자 씨 아버지 쫓아간다
이년아, 누가, 너더러…… 술 먹고,
돈 벌어, 오라고…… 아버지 뒷말은
급한 숨이 잘라먹고
아이고, 여보, 밥이나 들고…… 어머니 뒷말은
고갯마루가 잘라먹고
유자 씨 뒤도 안 돌아보고 굴러간다
유자 씨 동생은 대학생,
외출 때마다 동생 대신 들고 다니던
통계학개론 책도 버려두고
내 사랑 유자 씨 굴러간다
난닝구 차림의 아버지, 밥주걱을 든 어머니,
그 뒤에 울고불고 떠드는 동생 셋을 줄줄이 매단

---

* '내 사랑 유자C': 웅진식품의 음료수 이름.

넌출을 끌고
저기 대학생 유진 씨 굴러간다

돈 워리 비 해피*

1
워리는 덩치가 산만 한 황구였죠
우리 집 대문에 줄을 매서 키웠는데
지 꼴을 생각 못하고
아무나 보고 반갑다고 꼬리 치며 달려드는 통에
동네 아줌마와 애들, 여럿 넘어갔습니다
이 피멍 좀 봐, 아까징끼 값 내놔
그래서 나한테도 엄청 맞았지만
우리 워리, 꼬리만 흔들며
그 매, 몸으로 다 받아냈습니다
한번은 장염에 걸려
누렇고 물큰한 똥을 지 몸만큼 쏟아냈지요
아버지는 약값과 고기 값을 한번에 벌었습니다
학교에서 돌아와 보니
한성여고 수위를 하는 주인집 아저씨,
수육을 산처럼 쌓아놓고 금강야차처럼
우적우적 씹고 있었습니다
평생을 씹을 듯했습니다

2

누나는 복실이를 해피라고 불렀습니다

해피야, 너는 워리처럼 되지 마

세 달 만에 동생을 쥐약에 넘겨주었으니

우리 해피 두 배로 행복해야 옳았지요

하지만 어느 날

동네 아저씨들, 장작 몇 개 집어 들고는

해피를 뒷산으로 데려갔습니다

왈왈 짖으며 용감한 우리 해피, 뒷산을 타넘어

내게로 도망 왔지요

찾아온 아저씨들, 나일론 끈을 내게 건네며 말했습니다

해피가 네 말을 잘 들으니

이 끈을 목에 걸어주지 않겠니?

착한 나, 내게 꼬리 치는 착한 해피 목에

줄을 걸어줬지요

지금도 내 손모가지는 팔뚝에 얌전히 붙어 있습니다

내가 여덟 살, 해피가 두 살 때 얘기입니다

---

* 〈Don't Worry, Be Happy〉: 바비 맥퍼린 노래.

여우 이야기

골목길에서 그녀를 만났을 때 여우가 그녀 주변을 돌아다니고 있었
다 나를 처음 알아본 것은 그녀가 아니라 여우였다 긴치마에 가방을
모아 쥔 손이 가지런했다 흰 발목과 꼬리가 어둠에 묻혀 보이지 않았
다 내가 다가가자 여우의 눈빛이 반짝, 빛났다 여우가 나를 알아보았을
때 겨우 열다섯이었으므로 나는 그녀의 곁을 지나쳐 갔다 목덜미가 간
지러웠다

삼 년 후에 다시 여우를 만났다 한성여자고등학교 하굣길, 여우는
고갯마루에 앉아 있다가, 깔깔거리며 지나가는 학생들 틈에 끼어들었
다 나는 몰래 여우를 따라갔다 골목을 돌아 한 대문 앞에서 꼬리를 놓
쳤다 집에는 병든 노모와 아이들이 보채고 있었을지도 모른다 나는 겨
우 열여덟이었으므로, 닫힌 문 앞에서 발길을 돌렸다

대학 때에 그녀를 만났다 그때 겨우 스물둘이었으므로 나는 그녀와
백년해로할 줄 알았다 하지만 내가 그녀에 대해 안 건 아홉에 하나였
다 왜 열이 아니냐고 물어볼 사람은 없겠지 그녀와의 보금자리는 늘 풍
찬노숙이었다 천 일을 하루 앞둔 어느 날 결국 그녀는 나를 버렸다

그 후로도 자주 여우가 출몰했다 어떤 여우는 몇 년 동안 내 그림자

를 밟다가 사라지기도 했고 어떤 여우는 내가 맛이 없다고도 했다 여
우인 줄 알고 버렸던 그녀가 몇 년 후에 여봐란 듯이 아이를 낳기도 했
다 그때마다 간이 아팠으나 며칠 후면 새살이 돋곤 했다

　나는 아직도 겨우일 뿐이다 당신과 마찬가지로 나도 다음이 궁금하
지만 미안하게도 내게는 뒷이야기를 기록할 여백이 없다 여우는 겨우
말하면, 달아난다 당신도 알다시피 여우 이야기는 늘 미완이다

기차는 여덟시에 떠나네

기차는 여덟시에 떠나네
당신은 다섯시에서 여덟시까지
안개를 지켜보았지*
물을 한 모금 마시고 강물을 내려다본 것뿐인데
컵 속의 물이 얇게 얼어 있었지
철로는 어느 선이든 조금씩 더러웠네
11월은 당신의 기억 속에 영원할 것이네*
기차는 여덟시에 떠나네
먼 데서 얼크러진 길들이 천천히 다가왔으나
어느 길이든 상관은 없었네
철로는 어느 선이든 조금씩 더러웠네
당신은 다섯시에서 여덟시까지
안개를 지켜보았지
이제 당신은 종이컵을 구기고
신문지를 접어드네
11월은 당신의 기억 속에 영원할 것이네
기차는 여덟시에 떠나네
일곱시 사십분이거나, 여덟시 이십분이었어도
상관은 없었네,

단지 조금 이르거나 늦은 개찰일 뿐
기차는 여덟시에 떠나네
11월은 당신의 기억 속에 영원할 것이네
아무도 그걸 기억하지 않겠지만
당신이 이곳에 있었다는 것도
안개가 다섯시에서 여덟시까지
당신을 지키고 있었다는 것도

---

* 그리스 민요 〈기차는 여덟시에 떠나네〉에서.

파문

오래전 사람의 소식이 궁금하다면
어느 집 좁은 처마 아래서 비를 그어보라, 파문
부재와 부재 사이에서 당신 발목 아래 피어나는
작은 동그라미를 바라보라
당신이 걸어온 동그란 행복 안에서
당신은 늘 오른쪽 아니면 왼쪽이 젖었을 것인데
그 사람은 당신과 늘 반대편 세상이 젖었을 것인데
이제 빗살이 당신과 그 사람 사이에
어떤 간격을 만들어놓았는지 궁금하다면
어느 집 처마 아래 서보라
동그라미와 동그라미 사이에 촘촘히 꽂히는
저 부재에 주파수를 맞춰보라
그러면 당신은 오래된 라디오처럼 잡음이 많은
그 사람의 목소리를 들을 수 있을 것이다, 파문

자선시 출처

수상시인 연보

읽고 쓰는 것은
나의
운명이다

권혁웅

읽고 쓰는 것은 나의 운명이다

1967년　　충청북도 충주시 칠금동에서 태어나 생후 7개월 만에 상경. 가족 전체가 빈손으로 올라와 삼선동, 창신동 산동네를 1~2년에 한 번씩 옮겨 다니며 살았다. 내 기억에는 열한 번이었는데, 형이 그 이전의 두 번을 더 짚었다. 무능하고 주사가 심했던 아버지, 온몸으로 구멍 난 가계를 메웠던 노동자 천사인 어머니 사이에서 자라, 아수라 백작의 팬이 되었다. 아버지 덕분에 평생 주사가 없다. 대학교 2학년 때 그 지긋지긋한 산그늘을 벗어나다. 이곳의 체험이 두 번째 시집을 쓰게 했다.

1979년　　혼자서 교회를 찾아가다. 이후 중고등학교 시절 내내 교회에 영혼을 의탁하다. 한때는 목회를 하겠노라 서원 기도를 하기도 했으나 철이 든 후에는 그 서원을 잊어주십사 회개 기도를 올렸다. 중고등학생 시절은 죽순처럼 솟아오르려는 육신과 그걸 전지(剪枝)하려는 영혼 사이에 끼여 내내 만신창이였다. 늘 자퇴 원서를 가방에 넣고 다녔으나 담임과 대면할 용기가 없어서, 조용히 졸업.『삼국지』를 읽거나 프로야구를 보면 머릿속에서 내가 아는 사람들을 장수나 선수로 둔갑시켜 전쟁과 게임을 치렀다. 그때의 상상이 글을 쓰게 만든 힘이 아니었을까 지금도 생각한다.

1984년   어느 봄밤에 시가 날 찾아왔다.《문학사상》,《현대문학》, 김현승, 김남조, 마종기, 양성우 시집 같은 걸 집에 두었던 누나의 영향 때문이었을 것이다. 밤에 누웠다가 일어나서 내가 쓴 노트를 펼쳐 읽던 기쁨을 지금도 잊지 못한다. 그 후로는 바닥을 치던 성적도 꽤 올라서 대학에도 갈 수 있었다. 진정한 구원은 교회가 아니라 노트 속에 있었다. 시인이 되겠다고, 앞의 서원을 취소하고 두 번째 서원을 세우다.

1986년   고려대학교 국문과에 입학하다. 내성적인 성격을 바꿔보려고 과대표에 자원하기도 했으나 그때뿐, 대체로 조용하고 무난했다. 국문과 문예창작반에서 이희중, 김정우, 강연호, 박정대, 심재휘, 박순원 같은 선배들, 장석원, 문태준, 최성윤 같은 후배들과 한 시절을 행복하게 보냈다. 혼자서 그때를 합평회 시즌 1이라 부른다.

1993년   같은 학교 대학원 국문과에 입학. 방위 시절을 겪고 난 후, 매일 출퇴근하는 생활을 다시는 하지 않겠다고 결심하고 실천했다. 그해 아버지 돌아가시다. 평생의 주사에서 탈출했으나 대신 생활

고의 포로가 되었다. 박사과정을 마칠 때까지 학비와 생활비를 버느라 낮의 학생, 밤의 선생이란 이중생활을 했다. 최동호 선생을 지도교수로 모시다. 평생을 바라볼 등불 하나를 얻었다. 지금도 선생께서는 내 비평의 가장 혹독한 비판자를 자처하지만, 그런 비판을 말씀하실 때면 날 먼저 보고 빙긋 웃으신다. 오탁번, 김인환, 황현산 선생을 혹은 멀리에서 혹은 가까이에서 모시면서 배우다. 내 문학의 인프라를 깔던 시절이었다. 문학에 대한 내 안목은, 그런 게 만약에 있다면, 전부가 스승들에게서 훔쳐온 것이다. 대학원에 와서 이영광, 이장욱, 김행숙, 여태천, 하재연, 이현승, 노춘기, 이근화, 주영중, 김종훈, 신해욱과 합평회 시즌 2를 갖다. 이들 '빨간 바지' 멤버들과 함께할 때가 내 청춘의 전성기였다, 고 생각한다.

1996년   《중앙일보》 신춘문예에 평론이 당선하다. 함께 투고했던 시가 3년째 떨어지고 있었으므로 조금도 기쁘지 않았다.

1997년   겨울에 문예중앙 신인문학상 당선 통지를 받다. 유종호, 김명인 선생이 심사위원이었다. 호구지책을 버리지 못해서 사설기관의 훈장 노릇을 그만두지 못할 때였는데, 이듬해 상갓집에서 우연히 만난 김명인 선생에게서 호된 꾸지람을 들었다. 내 얼굴에 먹칠할 셈이냐, 시가 왜 그따위냐. 정신이 번쩍 들었다. 그 후로 학원계를 영원히 떠났다.

1999년   비슷한 시기에 등단한 시인들끼리 시 동인 '천몽'을 결성하다. 고찬규, 나, 김언, 김행숙, 박해람, 배영옥, 배용제, 손택수, 여정, 유종인, 이근화, 이기성, 이미자, 이영광, 이장욱, 정재학, 조연호, 진수미, 진은영. 휴, 많기도 해라. 우리끼리도 사람을 셀 때 꼭 한둘을 빼먹는다. 가끔 술 먹고 경조사 챙기는 친목계 비슷한 모임이어서, 많으면 많을수록 좋겠다고 생각하기도 한다.

2000년　　첫 시집 『황금나무 아래서』(문학세계사), 첫 평론집 『시적 언어의 기하학』(새미), 학위논문을 같은 제목으로 깊은샘에서 간행하다. 술자리에서나 밝힐 만한 사정으로 책들의 출간을 서둘렀는데, 바라던 바는 얻지 못하고 못난이 삼형제가 남았다. 우행(愚行)에 낙과(落果)라. 이자 쳐서 몇 년 치 콤플렉스만 얻었다.

2003년　　한양여자대학교 문예창작과에 임용되다. 장석남 시인과 함께 들어와서 서로 의지하며 지금까지 10년째 산다. 큰 시인이 옆에 있다는 건 여러모로 좋은 일이다. 덕분에 시업에 긴장을 놓지 않을 수 있었다. 감사한 일이다. 주량과 키와 시에 두루 못 미치지만 그나마 따라갈 희망이라도 있는 건 마지막 것이니까.

2005년　　고향인 문예중앙에서 연락이 오다. 혁신호의 편집동인이 되어 3년 동안 김형중, 김수이, 심진경, 김민정, 백다흠 등과 함께 잡지 《문예중앙》, 문예중앙 시인선, 소설선, 평론선, 이론선, 산문선 등을 만들었다. 워낙 좋은 문인들이 쏟아져 나오던 시절이라 신나게 일했다. 이 해 하반기에 두 번째 시집 『마징가 계보학』(창비), 비평집 『미래파』

(문학과지성사), 신화 연구서『태초에 사랑이 있었다』(문학동네)를 냈다. 한 달 간격으로 좋아하던 출판사 세 곳을 차례로 방문하는 신기한 경험을 했다. 시집의 호응에 기뻐하다가, 비평집의 반응에 당황하다가, 신화책의 무반응에 의기소침했다. 못난이 삼형제 표정을 혼자 다 지었다.

2006년   두 번째 시집으로 2회 시인협회 젊은 시인상을 받고, 두 번째 평론집으로 유심문학상, 애지문학상을 받았다. 이 해와 이듬해에 걸쳐 평생 먹을 욕을 다 먹었다. 이른바 '미래파' 논쟁. 시인 권혁웅은 흔적도 없이 사라지고, 비평가 권혁웅만 비판을 위해서 불려 나오곤 했다. 흔들리지 말자고 다짐했지만 매에는 장사 없었다. 이듬해 겨울 한 친구가 등짝을 치면서 말했다. 당신, 말도 표정도 성정도 거칠어졌어. 반성하고 동안거에 들어갔다.

2007년   세 번째 시집『그 얼굴에 입술을 대다』(민음사)를 내다. 내 딴에는 감각의 언어를 시험했는데 편지에 써먹을 수 없는 구절들로만 가득한 연애시집이 남았다. 내 감각이 내 기준에 못 미친다는 걸 감각적으로 알게 되었다.

2008년   산문집『두근두근』(랜덤하우스코리아)을 내다. 산문시와 산문의 경계에 있는 글쓰기를 시도했다. 책은 절판되었지만 그때 '필'을 조금 받아서 더 쓸거리가 생겼다.

2010년   여름에 15회 현대시학 작품상을 받았다. 10월에 네 번째 시집 『소문들』(문학과지성사)과 연구서 『시론』(문학동네)을 내다. 같은 달 말일에, 모든 방황을 끝내고 비평가 양윤의와 결혼하다. 출판사 이전으로 중단되었던 잡지 《문예중앙》이 속간되어 다시 편집위원 일을 시작하다. 동료로 만난 조강석, 허윤진, 서희원 등과 밤새 술잔을 기울이는 일이 잦아졌다. 문학판이 최고로 좋은 이유 가운데 하나는, 이 나이가 되어서도 평생의 친구를 만날 수 있다는 점이다.

2011년   괴물들을 통해 사랑의 담론을 분석한 신화책 『몬스터 멜랑콜리아』(민음사)를 내다. 쓰면서 마음에 제법 든 책이었는데, 반응은 역시나 폭발적으로 조용했다.

2012년   시집 『소문들』로 이상화기념사업회에서 주관하는 27회 이상화시인상을 받다. 중앙일보 〈시가 있는 아침〉에 연재했던 글을 다듬어서 『당신을 읽는 시간』(문예중앙)을 내다. 비평집 『입술에 묻은 이름』(문학동네)이 곧 나올 예정이다. 내년에 시집과 함께, 절판된 『두근두근』의 복간과 새로운 두 권의 산문집을 준비하고 있다. 재주 없음을 부지런함으로 대신할 수 없다는 것을 잘 안다. 다만 읽고 쓰는 것은 나의 운명이다. 나는 글의 업에서 벗어나지 못할/않을 것이다. 말은 일종의 에로스여서, 글이 어루만지는 바로 그곳에 당신의 윤곽이 생겨난다. 평생 당신을 온전히 만나지 못한다 해도 당신을 향한 말과 글을 포기하지는 않으려 한다.

여우 이야기는
늘
미완

오연경

여우 이야기는 늘 미완

오연경 문학평론가

유난히 무덥던 여름이 늑장을 부리던 가을의 길목에서, 권혁웅 시인의
수상 소식이 들려왔다. 축하 메시지를 보냈고, 시간이 지나자 조금 더
기뻤다. 그뿐, 익명의 독자로서나 지인으로서나 축하와 기쁨을 나누는
것만이 내 몫이라 생각했다. 그러므로 이 자리는 처음부터 낯설었고 인
터뷰를 정리하고 있는 지금도 낯설기는 마찬가지다. 오랜 시간 자기를
털어놓아야 하는 이의 어려움 위에 인터뷰어의 쑥스러움을 얹어놓은
건 아닌지, 두고두고 미안의 꼬리가 밟힌다. 저 말들의 풍경은 말끔한
옷을 입고 활자화되겠지만, 네 권의 시집과 그 이전의 세월까지 더듬어
야 했던 숨찬 시간이 활자들 사이 어디쯤에 말려 들어가 있으리라.

　시인론을 쓰기 위해 시집 전작을 읽을 때면 한 사람의 깊은 시간을
단시간에 훔쳐본 듯한 죄책감과 쾌감에 묘하게 휘말린다. 시인의 육성
으로 듣는 시 이야기는 더했다. 시집에다 대고 기약 없이 던지던 질문
들이 답이 되어 돌아오는 쾌감에 몸을 기울이다가도, 한 영혼의 흔들림

을 고백하는 이야기에 이렇게 속수무책으로 귀를 열어두어도 되나 싶어 눈을 마주치기가 어려웠다. 무례함과 의무감과 호기심 사이에서 질문이 정처 없었다. 그래도 이 분방한 질문들 사이에 탄력을 만들어준 건 시인의 음성이었다. 권혁웅 시인을 아는 사람이라면 누구나 기억할, 독특한 톤의 음색과 "~하는 거라"로 끝내는 제3자 진술법. 인터뷰를 정리하는 중에도 행간마다 그 말투가 쟁쟁하게 울려 나오고 있다.

인터뷰를 끝내고 나서 새삼 스스로에게 물었다. 권혁웅 시인의 시를 읽으면서 웃음이 더 많았던가, 슬픔이 더 많았던가. 비중을 따지기가 어려웠다. 다양한 장르의 문법을 차용한 발랄한 기지, 거침없이 쏟아지는 입담의 말잔치, 유머와 아이러니로 버무린 언어유희 앞에서 웃음은 늘 첫 번째 반응이지만, 웃음이 채 끝나기도 전에 따라붙는 씁쓸함은 권혁웅 시의 독자라면 누구나 겪는 후폭풍일 것이다. 웃음 뒤에는 언제나 속세의 아수라장 위에 동동 떠 있는 가련한 내면 풍경이 떠오른다. 권혁웅 시인의 시선이 세계의 곤고한 이면과 인간의 궁핍한 내면을 향하고 있음을 웃음의 후폭풍이 알려준다. 아니 「기차는 여덟 시에 떠나네」, 「처마 아래서」, 「내게는 느티나무가 있다」, 「강변여인숙」, 「멜랑콜리아」 연작 같은 시들을 읽으면 웃음기 없이 바로 가슴을 울리는 슬픔의 서정을 맛볼 수 있다. 참담한 내면과 깊은 슬픔을 품은 시인이 왜 유머와 패러디와 아이러니로 무장하는지를 알게 된다면, 이 인터뷰는 조금은 성공한 것이리라 위무해본다.

권혁웅 시인은 첫 시집에서 마음을 훔쳐간 그녀들을 '여우'라 불렀지만, 나는 왠지 그 여우가 시인에게 꼬리를 보이며 출몰하는 '시'인 것만 같다. 사랑의 설렘과 망설임, 환희와 실패의 「여우 이야기」가 마치 인터뷰 내내 들었던 시와의 사랑담처럼 느껴지기 때문일까. 사랑 앞에서 수줍게 고백하는 청년처럼 권혁웅 시인은 시 앞에서 "나는 아직도 겨우일 뿐이다"라고 말하는 것 같다. 이 글을 쓰고 난 내가 '권혁웅론'을 써야겠다는 숙제를 스스로 떠안은 것과 마찬가지로, 이 글을 읽고 난 당신이 시인 권혁웅에 대해 다시 질문하고 싶어진다면 그건 누구 탓도 아니다. "당신도 알다시피 여우 이야기는 늘 미완"이니까.

I 미당의 유전자와 계보로서의 시

오연경   수상 축하드립니다. 공식적으로는 9월 19일자로 발표가 난 것 같은데, 그전에 미리 수상 소식을 들으셨겠죠? 미당문학상 본심에 올라간 것도 처음이라 들었는데, 데뷔와 동시에 주연상을 획득하신 셈이네요. 상에 대한 기대가 없었다고는 할 수 없을 텐데요, 수상 소식을 듣던 순간, 그날의 풍경이 궁금합니다.

권혁웅   처음엔 안 믿었어요. 하현옥 기자에게서 전화가 왔을 때가 목요일 아침인데, 그다음 주 월요일에 보기로 되어 있던 중앙 신인문학상 예심 확인 전화인 줄 알았거든요. 그래서 거짓말 말라고 그랬죠. 수상 통보를 의심한 사람은 처음이 아닐까 싶어요. (웃음) 사실 본심에 올라놓고서도 수상에 대한 일말의 기대를 안 하는 사람은 없을 거예요. 로또 한 장 사고서도 이거 타면 뭐할까, 이런 상상 하잖아요? 그런데 수요일에 본심이 있다는 얘길 미리 들었거든요. 그래서 수요일 저녁에 전화가 없으면 안 된 거라고 생각하고 있었죠. 떨어진 것으로 알고 전날에 집에 있는 친구를 꼬여서 위로주까지 얻어먹었거든요.

오연경　위로주가 '미리 축하주'가 된 셈이네요. 시인으로서 큰 상을 받으셨는데, 오늘의 이 상이 지금까지의 문학 인생에서 어떤 의미를 지니는지 듣고 싶습니다.

권혁웅　제가 문단에서 투잡족이잖아요? 평론하고 시하고. 개인적으로는 그게 별로 방해가 안 되는데, 다른 분들 보기에는 안 그런 거 같아요. 저이는 비평가다, 그러니 절반의 유전자만 시인이다. 이런 생각이 조금씩 있는 거 같아요. 어느 쪽이든 시는 손해를 봐요. 정교하게 쓰면 저 봐라 이론이 앞서니 시가 번거로워진다, 이렇게 되고. 또 투박한 시를 쓰면 비평적 안목을 시인의 손이 못 따라가서 저런 거다, 이렇게 돼요. 그런 선입견에서 놓여나는 계기가 될 수 있을 듯해서 그게 가장 기뻐요.

오연경　모든 상이 격려와 계기가 되는 것이겠지만, 시인들에게 '미당문학상'은 좀 특별한 의미가 있는 것 같습니다. 미당으로부터의 거리와 친소 관계에 따라 이 땅의 시인들을 재배치할 수 있을 정도로 미당의 영향력은 지대하다고 생각합니다. 흔히 미당의 토착적 서정성에 주목하지만, 미적 자율성을 향한 열망이라는 점에서 미당에게는 강렬한 모더니스트로서의 면모도 존재한다고 생각하는데요. 스스로 느끼시는 미당 시의 매력은 무엇인가요?

권혁웅　대학원 시절에 한 후배가 고등학교 때 독서실에서 미당 시를 읽다가 대성통곡하는 바람에 쫓겨난 적이 있다고 말하는 걸 들은 적이 있습니다. 사람을 그렇게나 휘저어놓을 수 있다는 게 놀라웠어요. 시 쓰는 이들마다 미당의 구절이 조금씩은 제 안에 기록되어 있을 텐데요, 나한테는 「만주에서」에 나오는 "참 이것은 너무 많은 하늘입니다. 내가 달린들 어데를 가겠습니까." 같은 구절이 그래요. '참 이곳은 너무 넓은 땅입니다만 나는 갈 곳이 없습니다.' 정도의 뜻일 텐데, 땅과 하늘을 바꿔치자 놀라운 마음의 넓이가 생겨나는 거라, 이건 거의 생래적인 감각이 아닐까 싶어요. 강력한 말은 감각과 정념을 낳는 게 아니라 감각과 정념 그 자체라는 걸 배웠죠. 좋은 감각은 사무친다는 것, 그게 미당의 가장 큰 매력이 아닌가 싶어요. 미당은 단 하나의 말에서, 주문이기도 하고 통짜로 정념이기도 한 하나의 말에서 시를 출발해서 그 말이 번지는 어느 한 지점에서 시를 끝냅니다. 그래서 시행 하나하나가 들끓죠. 미당을 읽을 때마다 이 사람은 천생 시인이구나 생각해요.

오연경　문학적 영향의 선후관계가 문학사 서술의 기준이 되어야 한다고 늘 강조하시잖아요? '한 시인의 영향을 받은 후대 시인들이 얼마나 많이 출현했느냐에 따라 문학사의 줄기를 잡아야 한다.' 예전에 강의 들었을 때 계보학적 시인 읽기를 하면서 김수영과 백석의 족보(?)를 작성하느라 끙끙댔던 기억이 나네요. 문학사에서 '내가 니 애비다.' 우기는 일은 잘 없어도 '아버지를 아버지라 부르게 해주십시오.' 청원하는 자식들은 많은 것 같은데요, 권혁웅 시의 앞에 어떤 아버지들을 놓을 수 있을까요?

권혁웅　이거, 내가 내준 숙제를 고스란히 돌려받다니. (웃음) 거꾸로 올라가면 내가 의식하는 가장 굵은 선은 이성복, 김수영, 백석을 잇는 선입니다. 이성복의 첫 시집은 김수영 후기시의 계승이고, 김수영 초기시의 설움은 백석 후기시의 쓸쓸함을 변주한 거라고 생각해요. 제가 읽기에, 이성복은 우상파괴를 수행한 시인이 아니고, 김수영은 말이 번다한 시인이 아니고, 백석은 여리고 섬세하기만 한 시인이 아닙니다. 이성복에게는 누이라는 표상이 있고요, 김수영의 말은 반복과 변주 위에 세워진 사유와 리듬의 경연장이고요, 백석에게는 나타샤와 갈매나무라는 정신의 두 지향이 있어요. 이성복에게서 고백과 이미지를 결합하는 방법을, 김수영에게서 논리와 감각이 만나는 자리를, 백석에게서 폐허의식 위에 세운 아름다움을 배웠습니다. 결국 좋은 시인들은 어느 자리에서든 통하는 거고, 그들의 시가 가진 외양과 다르게 서로 만나는 지점이 있어요. 미당과 이상과 백석의 좋은 시는 한 사람이 쓴 것처럼 보이기도 해요. 그래서 가끔은 미당이 폐결핵에 걸렸던 거 아닌가? 이상의 꽃나무가 만주 체험의 표현이 아닌가? 하는 이상한 상상을 하기도 해요.

2 구원의 역사, 신(神)에서 시로

오연경　직접 쓰신 연보를 보면 사춘기 시절은 '신(神)'에서 '시(詩)'로 옮겨가는 "격절과 비약의 연대기"(「황금나무 아래서」) 같습니다. 한마디로 젊음의 특성인 배신(背信)과 투신(投身)을 제대로 경험한 셈인데, 그 후 시에 대한 배신은 없는 걸 보니 격절은 한 번으로 족했고 비약만 진행 중이겠네요. '교회 오빠' 권혁웅의 모습은…… 좀 낯설지만 의외로 잘 그려지기도 해요. (웃음) 그 시절 시에 투신하게 된 구원의 역사가 궁금하네요.

원혁웅   시 당선소감에 주님께 감사드린다는 구절이 있어요. 시인이 된 후에도 한동안 교회돌이였죠. 신에서 시로 옮겨가는 과정이 배신이었던 건 아닙니다. (웃음) 신에 대한 관심이 제 인생 전반부를 지배했다고 보아도 틀리지 않아요. 고등학교 때부터 성경을 끼고 살았고, 부흥회, 큐티(성경묵상 시간), 새벽기도까지 열심히 따라다녔어요. 그런데도 신앙에 대한 갈증은 풀리지가 않았어요. 나의 약점은 먹물 신앙인이었다는 겁니다. 그걸 실천으로 풀면 단단한 신앙인이 되었을 텐데 지식으로 풀려고 하니 회의주의자 신앙인이 된 거죠. 믿음이 흔들렸다는 뜻이 아니고 회의를 통해서만 단단함에 접근하려 한다는 점에서요. 신구약 사이에 공백기가 있다는 걸 알고는 신구약 중간사를 읽고, 그때의 사회분위기를 알고 싶어서 중동의 역사를 공부하고, 그것의 사실성을 확인하고 싶어서 이스라엘 고고학 서적을 보고, 정경 외에도 많은 경전이 있다는 걸 알고는 외경과 위경을 뒤졌어요. 그러다가 알게 되었죠. 아, 이걸 역사로 알아서는 안 되겠구나. 신앙이란 신(神)과 비(秘)의 문제지 사실성의 문제가 아니구나. 역사와 문헌학으로 접근한다면 우리는 실제 바울의 저작이 일곱 권에 불과하다는 거, 이사야서가 세 명의 저자로 되어 있다는 거, 아브라함과 모세와 다윗과 솔로몬이 가상의 인물에 불과하다는 거, 창세기가 두 개 이상의 책을 짬뽕한 거라는 거, 복음서의 저자들이 그 이름이 붙은 제자들이 아니라는 거를 인정해야 합니다. 학문적으로는 논란의 여지가 없는 진실이거든요. 그런데 그걸 인정하고 나면, 또 다른 질문이 꼬리에 꼬리를 물죠. 전 지금도 그 무한질문의 한가운데에 있어요. 어쩌면 죽을 때까지 이런 질문은 끝나지 않을지도 몰라요. 그러니 구원이 자꾸 유예되었던 셈이죠.

제 삶의 두 번째 구원은 시에서 왔어요. 스스로 유폐시킨 사춘기의 감옥이 있었거든요. 교회에서 가르친 죄의 어마어마한 무게에 짓눌려 납작해져 있을 때, 혼자 쓴 공책 속의 언어가 숨 쉴 공간을 만들어준 거라. (웃음) 무서운 얼굴로 내게 호통치는 세상 대신 내가 살고 싶은 세상이 공책 속에 있었어요. 지금 보면 민망함 그 자체지만, 그때에는 공기를 빼서 압축했던 이불이 본 모습으로 돌아오는 것처럼 내가 만든 세계가 조금씩 늘어나는 게 얼마나 신기했던지. 제가 고등학교 1학년 기말고사에서 반에서 22등을 했거든요. 대학 가기에는 좀 어려운 성적이었죠. 시 덕분에 정신 차리고 공부도 하게 되었고, 그 청신한 공기 덕에 질식하지 않고 살아났으니 시가 구원이 되었다는 말이 거짓이 아닙니다. 지금도 시야말로 온전한 삶에 대한 꿈을 유지하는 거의 유일한 분야라는 믿음을 버리지 않고 있어요.

오연경　　그때는 아직 학문의 세례와 본격적인 훈련을 받기 이전이잖아요? 그 시절 노트에 적힌 시는 세상의 빛을 못 보았겠지만 어쩌면 지금까지 시인으로 살게 하는 힘은 그 노트 속에 있었을 것 같아요. 머릿속에 문학사적 지형도가 없던 시절, 마음으로 품었던 시인들의 이야기를 듣고 싶습니다.

권혁웅　　뭐, 제대로 된 훈련을 받아본 적이 없던 때니까 말하기도 민망합니다. 뭔가 자기 안에서 시라는 게 갖춰지기 이전에 들어온 말이란 명령문이자 주문이거든요. 사실과 가상과 당위가 구분이 안 되던 시절이니 당연하지요. 그래도 굳이 말한다면 첫째가 김현승 시인.

지식산업사에서 나온 김현승 선집을 읽었는데, 이분이 기독교인이면서도 고독의 시인이잖아요? 고등학교 때에는 이분의 신앙에 대한 회의가 이해가 안 되었는데, 대학교 때 깊이 알겠더군요. 그런데 언어가 나한테 스미지 않아서 그것으로 끝. 둘째가 마종기 시인. 이분 시는 지금도 가끔 읽죠. 내가 이렇게 따뜻했으면 좋겠다고 늘 생각합니다. 셋째가 양성우 시인. 실천문학사에서 나온 『청산이 소리쳐 부르거든』을 읽었는데, 뜻도 모르면서도 어조의 강렬함에 놀랐던 기억이 납니다. 시가 무엇보다도 먼저 감정의 그래프라는 걸 그 울렁이는 느낌을 통해서 느꼈습니다. 이상하게도 소월, 만해 같은 분의 시에는 별 감흥이 없었어요.

오연경　시가 구원이었으니 국문과에 진학하는 데에는 별다른 고민이 없었을 것 같아요. 그 후로 국문과 대학원과 등단을 거쳐 문창과 교수로 재직하고 계시니 갈림길은 없었던 셈이네요. 학부 시절 문예창작반에서의 합평회 시즌 1과 대학원 시절 '빨간 바지'에서 활동했던 합평회 시즌 2를 청춘의 전성기로 꼽으셨잖아요? 그 합평회 멤버들의 이름을 듣고 있으면 자기가 별인 줄 모르던 별들이 시를 논하던 백가쟁명의 시대가 있었구나, 괜히 내 것도 아닌 과거가 그리워지는 느낌이에요. 그 시절의 이야기를 듣고 싶습니다.

권혁웅　내게 시즌 1과 2의 제일 큰 차이는 이거예요. 시즌 1 때는 술을 잘 못했다는 것. 대학 때에는 소주 한 병이면 탁자에 머리를 박곤 했죠. 어렵던 시절에 안주만 축내는 막내라서, 형들이 옆에 앉혀두고 특별히 관리하던 기억이 납니다. 넌 소주 한 잔에 안주 한 점만 먹어라. 너 때문에 안주 값이 너무 많이 나온다. 이러면서요. 시즌 2가

되자 주량이 한 병 반으로 늘었는데, 알고 봤더니 술 실력이 세진 게 아니라 알코올 도수가 낮아진 거라, 술에 물 타 먹었던 거죠. 사실 그 사이에 시즌 1.5라 해야 하나, 스핀오프라 해야 하나, 그런 시기가 있어요. 대학원 석사 때, 그러니까 1993, 1994년에 몇 명하고 시작했었는데, 시를 거의 못 쓰던 시절이라 잘 못 나가고 모임도 흐지부지 되었어요. 그러다가 저와 이영광 형이 등단한 무렵에 재결성되었던 거죠. 지금 생각해봐도 참 놀라운 시절입니다. 몇 년 후에는 자기 세상이 될 걸 모르고 당시엔 아무도 이해하지 못하는 시를 들고 나온 친구, 처음 써봤다고 하는데 지금 쓰는 것보다도 나은 시를 쓰던 친구, 당시에 이미 절정에 올라서 지금까지 내려오지 않는 친구, 신동 소리를 듣다가 합평회 때마다 상처받고 울던 친구, 오랫동안 천재 소리를 들었지만 등단의 축복을 받지 못한 친구……들이 바글바글 모여 있었어요. 서로 병과 약을 주고받던 시절이었죠. 다시는 그런 시절이 오지 않는다는 걸 구성원 모두가 알고 있어서 쓸쓸하기도 합니다.

오연경 그때의 병과 약이 지금의 빛나는 별자리들을 키웠군요. 근데 '빨간 바지'라는 이름은 누가 지었고 무슨 뜻인가요?

권혁웅 아무 뜻 없는 이름이에요. 초기에 등단한 구성원들은 '포에티카(poetika)'라 부르기도 했는데, 그건 연락을 주고받기 위해 만든 인터넷 카페 이름이에요. 프리챌에 개설했었는데요, 거기서 제공하는 기본 대문화면에 색색의 청바지 사진이 있었어요. 그래서 붙은 이름이죠, 빨간 바지가. 비밀결사 어쩌고 하는 건 중앙일보 손민호 기자가 웃자고 붙인 이름이고. 우린 모임을 숨기지 않았어요. 실제로 이찬 같은 평론가는 그때 모임에 참석해서 합평회하는 걸 청강하기도 했죠.

창작과 비평을 병행하는 것은 단순한 시간의 문제를 넘어,
상당한 모드 전환의 에너지가 필요한 일이잖아요.
그런 걸 보면 장르 차이를 초월하여 글 쓰는 몸을 움직이게 하는
어떤 작동 원리 혹은 힘 같은 게 있지 않나 싶어요. ─ 오연경

문학이 언어로 형체를 갖추기 전에 한데 녹아 있는
거대한 기(氣) 같은 거라고 상상합니다. 우리가 잡아낼 수 있는 건
그것이 언어화될 때뿐인데요, 나는 그것이 시일 수도 산문일 수도
소설이나 비평일 수도 있다고 믿어요. 꿈틀거리는 에너지 자체가
중요한 것이기에 특별히 장르가 뭘 방해한다든가 하는 건 없어요.
군이 비유하자면 머릿속에 여러 개의 방을 마련합니다.
이 방에선 이걸 쓰고 저 방에선 저걸 쓴다는 식의
공부방이 아니고요, 유수지 같은 거죠. 어느 때에는 이 방에,
어느 때에는 저 방에 들이치는 물 같은 거. ─ 권혁웅

오연경　'빨간 바지'에 그렇게 깊은 뜻이 있었군요. (웃음) 지금도 후배들의 합평회에 함께하시는 걸로 알고 있는데, 합평회에 어떤 특별한 의미를 두고 계신가요?

천혁웅　금요반이라고, 시사랑문화인협의회 소속의 시 공부반 모임이에요. 원래는 지금 있는 학교의 제자들을 졸업 후에도 가르치려고 만든 모임이에요. 전문대 과정이 2년밖에 안되니까 계속 교육이 이뤄져야 하거든요. 초기에는 여러 학교를 다니면서 수강생을 모았죠. 거기서 5년 만에 열 명 넘는 시인을 배출했으니까 대단히 생산적인 모임이죠. 여러 시인들이 강사로, 학생으로 모여 있었으니 생산성이 좋을 수밖에 없죠. 지금 이 모임은 사실 선생이 빠져도 잘 굴러갑니다. 나는 시를 못 내니까 나만 빼고 자기들끼리 시즌 3을 하는 셈이에요. (웃음) 합평회가 없으면 감수성 계발이 늦고 언어가 늦고 촉이 늦어요. 우리 시단에 독고다이가 없는 건 아니지만 그건 대단히 희귀한 경우죠. 전 지금도 애들한테 그래요. 너희가 최고다, 단 합평회를 하는 한. 실제로도 모임에 꾸준히 나오는 친구의 시는 계속 늘고, 졸업했다고 발 끊는 친구의 시는 퇴보하는 걸 자주 보아왔어요. 전 여러 해 전에 합평회 끊었습니다. 더 이상은 다른 이들의 도움을 받을 수 없게 된 거죠. 나 자신이 하산했다는 사실, 그게 제일 마음 아파요.

오연경　평론으로 먼저 등단하고 1년 후에 시로 등단하셨죠? 언젠가 술자리에서, 그 1년 동안 시가 될 때까지 평론도 안 쓴다는 마음으로 지냈다고 그랬던 것 같은데. 그 말이 너무 진지했던지 '사실 청탁도 없었고……'라고 웃음으로 무마했죠. 몇 차례 낙방의 아픔을 안고 시인에 대한 열망으로 몸살을 앓던 시절의 등단기가 궁금합니다.

권혁웅　　누구나 그렇겠지만 응모와 낙방을 계속하던 때는 다시 생각하고 싶지 않아요. 무엇보다도 콤플렉스가 시 쓰는 마음을 갉아 먹어요. 4년인가 연속으로 신춘문예와 몇몇 잡지 최종심에서 미끄러졌어요. 나중에 동인들을 만났더니, 서로가 서로의 원수더군요. 나는 유종인 때문에 떨어지고 손택수는 나 때문에 떨어지고, 그런 식으로 서로가 서로의 먹이사슬이었죠. (웃음) 어쨌든 그렇게 낙방을 거듭하면 슬슬 도피하고 싶은 마음이 생겨요. 경제적으로도 어려울 때니까 자꾸 돈 벌러 나가고, 돈 생기면 스트레스 풀겠다고 자꾸 책을 사 모으고…… 옷 사 입을 생각은 왜 안 했나 몰라. (웃음) 그러면 또 돈 없으니까 벌어야 하고. 그때 처음으로 과로하면 코피가 터진다는 걸 경험했어요. 어머니는 그때를 제법 편안한 시절로 기억하세요. 돈을 월급쟁이처럼 벌어서 드렸거든요. 근데 나에겐 캄캄하던 시절이죠. 나중에 형이 사업을 하다 실패해서 어머니 전 재산인 아파트가 날아갔어요. 그러니 그 고생이 얼마나 허망했겠어요? 돈이란 거, 손안에 재 같은 거죠. 그런데 생각해보면 그게 청춘의 전성기 시절과 겹쳐요. '빨간 바지'가 결성되기 바로 전의, 그 끔찍한 마음의 바닥에서만 정련될 수 있었던 체험이었다고 생각합니다.

3 시와 평론, 시와 산문 병행기

오연경　　'시인 권혁웅'과 '평론가 권혁웅' 중 평론가 쪽으로 무게중심을 실어준 사건(?)이 있었지요. 2000년대 새롭게 등장한 시의 목소리를 '미래파'라 명명한 평론가로서, 2000년대 후반을 달구었던 담론의 최전선에 오랫동안 오르내렸죠. 그 와중에 본의 아니게 손해를 본 쪽은 '시인 권혁웅'이 아니었나 싶어요. 비평집과 동시에 나온 시집 『마징가 계보학』이 꽤 반응이 좋았는데도 말이지요. 2005년 세상에 내놓은 두 권의 책은 문학 인생에서 잊을 수 없는 대형 사건일 것 같아요.

권혁웅　　1996년에 평론이 되었을 때에는 청탁도 안 왔어요. 그러다가 1997년 겨울에 시로 등단하고 나서는 양쪽에서 청탁이 쏟아지는 거예요. 오랜 무명을 마감하는 게 고마워서 부지런히 썼어요. 2003, 2004년쯤에 다시 원고가 모여 주요 출판사 세 곳에 투고를 했어요. 시집 하나, 평론집 하나, 혼자서 쓴 신화책 하나. 그게 1년 후 비슷한 시기에 나온 건데, 사단이 날 줄은 몰랐죠. 이른바 미래파 논쟁이란 거. 사실은 논쟁도 아니었지만……. 이건 뭐, 다른 자리에서 내 입장을 밝혔으니까 다시 말하는 건 그렇고. 안타까운 건 시집이었죠. 『마징가 계보학』이 지금까지 9쇄를 찍었거든요. 비평가나 독자의 반응이 나쁘지 않아서 시인으로서 입지가 잡히나 보다 했는데, 다시 비평가로서 소동의 한가운데 던져졌어요. 그 와중에 시인 권혁웅은 미아가 된 것만 같은 기분이……. (웃음)

오연경　　사실 평론만 하기에도 벅찬 저로서는 두 가지 일을 병행하시는 작업량과 그 수준이 거의 불가사의합니다. 예전에 본 어떤 단편 영화에서 주인공이 목숨을 담보로 시간을 빌리는 이야기가 있었는데, 어찌 보면 글 쓰는 사람들은 생명의 단축을 무릅쓰고 시간을 늘려 쓰고 있다는 생각도 들어요. 더구나 창작과 비평을 병행하는 것은 단순한 시간의 문제를 넘어, 상당한 모드 전환의 에너지가 필요한 일이 잖아요. 그런 걸 보면 장르 차이를 초월하여 글 쓰는 몸을 움직이게 하는 어떤 작동 원리 혹은 힘 같은 게 있지 않나 싶어요.

　권혁웅　문학이 언어로 형체를 갖추기 전에 한데 녹아 있는 거대한 기(氣) 같은 거라고 상상합니다. 우리가 잡아낼 수 있는 건 그것이 언어화될 때뿐인데요, 나는 그것이 시일 수도 산문일 수도 소설이나 비평일 수도 있다고 믿어요. 꿈틀거리는 에너지 자체가 중요한 것이기에 특별히 장르가 뭘 방해한다든가 하는 건 없어요. 굳이 비유하자면 머릿속에 여러 개의 방을 마련합니다. 이 방에선 이걸 쓰고 저 방에선 저걸 쓴다는 식의 공부방이 아니고요, 유수지 같은 거죠. 어느 때에는 이 방에, 어느 때에는 저 방에 들이치는 물 같은 거.

　오연경　유수지가 마르지 않고 유지되려면 풍부한 수량이 필요할 텐데, 신화에서 많은 사유의 힘과 시적 영감을 얻으시는 것 같아요. 그 분야의 관심사와 독서력이 『태초에 사랑이 있었다』와 『몬스터 멜랑콜리아』에 잘 드러나 있죠. 사실 시에서도 신화적 상상력이 두드러지는 게 사실이고요. 어린 시절 몸담았던 기독교 신앙과도 관련이 있지 않나 싶어요. "시를 읽고 쓰는 일은 개인 신화를 창안하고 그것들의 계보를 밝히는 일이다."라는 『몬스터 멜랑콜리아』의 서문을 빌자면, 시와 신화에도 모종의 일대일 대응관계가 존재하는 것이겠죠?

　권혁웅　시라는 게 살고 있는 세상에 맞놓이는 살고 싶은 세상을 만드는 일이라는 믿음이 여전히 있어요. 사실은 두 책도 교회돌이로서의 체험과 관련되어 있어요. 성경을 읽다가 신화로 갔어요. 구약의 이야기는 메소포타미아와 이집트 신화, 신약의 이야기는 영지주의하고 로마 시대의 다신교 신화와 긴밀한 관련이 있거든요. 입구는 성경이었는데 출구는 신화의 세계였던 거죠. 세계 각지의 신화가 궁극적으로는 욕망의 서사시라는 걸 알았어요. 시와 신화는 정말 닮았어요. 유비적 세계에 기초를 둔다는 것도 그렇고, 어떤 모순을 비약의 순간으로 삼는다는 점도 그렇고, 둘을 끌어가는 추동력이 욕망(사랑)이라는 점도 그렇고. 그걸 좀 섹시하게 풀어보자고 쓴 게 『태초에 사랑이 있었다』이고, 괴물들만 따로 불러서 사랑의 각 단계에 관해 증언하게 하자고 한 게 『몬스터 멜랑콜리아』예요. 딴에는 제법 공을 들인 책들인데, 내가 이 분야 전공자가 아니다 보니 독자의 반응은 미지근했어요.

오연경　　　제 주변에서는 꽤 재미있게 읽었다는 반응이 많았는데. 『몬스터 멜랑콜리아』는 연재 때부터 따라 읽었는데, 이번 달에는 내 안의 어떤 괴물들을 만나려나 기다리는 재미가 컸죠. 최근에는 『당신을 읽는 시간』이라는 시선집을 엮으셨죠? 지금 월간 《현대시》에 '사물들'이란 글을 연재하고 계시고 앞으로 두 권의 산문집을 낼 계획이라 하니, 이 분야도 시와 평론만큼이나 비중을 차지하네요. 특히 산문집 얘기를 하면서 『두근두근』을 빼놓을 수가 없겠죠. 말로 몸을 여행하게 하는 사전 같은, 장르 혼종의 독특한 시도였어요. 근데 이 책 읽다 보면 이렇게 밑천을 다 팔아도 되나 하는 생각이 들기도 해요. (웃음) 그러니까 이 산문집들은 시를 위한 어휘들의 보관소이자 상상과 사유의 훈련장(본인이 훈련 받으면서 읽는 이를 훈련시키는)이라고 할까요? 미셸 투르니에의 『상상력을 자극하는 110가지 개념』이 떠오르기도 하네요. 산문적 글쓰기를 시와 평론의 사이 혹은 그 바깥 어디쯤에 두고 작업하시는지요?

권혁웅　　장르에 관해 좀 다른 의식을 갖고 있어요. 시인은 시만 써야 한다는 염결성을 가진 분들이 간혹 있는데, 꼭 그럴 필요가 있나 싶어요. 시집이 안 팔린다고 시적 상상력이 소멸하는 것도 아니고 이미지, 어조, 비유 같은 시의 분야가 사라지는 것도 아니거든요. 나는 소설도, 영화도, 연극도 다 시의 자식이라고 생각해요. 그렇다면 산문으로, 비평으로 시를 쓰는 건 왜 안 되겠어요? 그래서『두근두근』을 산문집이자 몸을 주제로 한 산문시라고 표현했죠. 독자들은 지금도 그 책을 시집으로 알아요. 사물과 동물을 주제로 한 2권, 3권을 기획하게 된 것도 이런 글에서 재미를 느꼈기 때문입니다. 저는 이 글들이 느슨한 시라고 생각해요. 어쩔 때에는 여기서 가져온 구절로 새로 시를 쓰기도 하고. 다 내 새끼들이니까 저작권을 주장할 일이 없잖아요? (웃음)『당신을 읽는 시간』은《중앙일보》'시가 있는 아침'에 연재한 글을 다듬어낸 책이에요. 시에 무미건조한 평설을 다는 게 싫어서 시의 분위기에 맞는 해설-시를 써보자고 마음먹었죠. 슬픈 시에 대해서는 먼저 울고, 예쁜 시에 대해서는 먼저 아양을 떨고, 재미있는 시에 대해서는 농담도 건네는 방식으로요. 산문이나 비평을 시처럼 써보았던 셈이에요.

오연경　　이 결과물들을 보면 유수지에 물이 마를 날이 없나 봐요. (웃음) 필력도 놀랍지만 독서력도 만만치 않은 걸로 알고 있습니다. 소장 도서가 웬만한 동네 도서관 수준은 넘어서지 않을까 싶어요. 만화에도 꽤 깊은 취미가 있는 걸로 알고 있는데. 즐겨 읽는 분야, 독서 스타일 등등이 궁금합니다.

권혁웅　　집에 있는 책들을 보고 아니 이 책들을 다 읽었어요? 라고 묻는 사람이 정말로 있던데요? 그러면 에코가 가르쳐준 대로 말하죠. 안 읽은 책들은 연구실에 두고 왔다고. (웃음) 억지로라도 읽는 책들은 전공과 관련된 분야죠. 시, 소설, 철학책들이야 밥벌이와도 관련되어 있으니까 그럭저럭 따라가며 읽죠. 평소 좋아하는 분야는 조금씩 바뀌어왔는데요. 예전에는 물리학, 신화, 역사, 인류학 분야였는데, 요즘은 생물학 분야의 책들을 사 모으고 있어요. 아, 만화는 언제나 좋아하고. (웃음) 무슨 계통을 정해서 읽는 건 아니고 심각한 난독입니다. 당연히 머리에 남는 게 별로 없는데, 대신에 이상한 접합이 생겨서 가끔 글쓰기에 필요한 아이디어를 얻습니다.

오연경   혹시 문학 이외의 삶, 소위 외도(外道) 분야가 있을까 싶어요. 책 읽고 글 쓰고 시 가르치고 편집회의 참석하고 나면 도대체 남는 시간이 없을 것 같아서요. 제 생각에는 나머지 시간이라는 게 있다면, 아니 일부러 시간을 내서라도 꽤 상당한 시간을 술자리에서 보내실 것 같은데. (웃음) 자의 반 타의 반이겠죠? 오랫동안 옆에 두고 즐겨온 일, 아니면 혹시 최근에 빠져든 흥미로운 일이 있다면 소개해주세요. 시 말고요.

권혁웅   뭐, 우리도 할증 풀릴 때까지 마셔봤으니 술에 관해서는 거짓말을 못 하겠군요. 술자리에서 만나는 사람들이 참 좋습니다. 다들 다정하고 예뻐요. 주사를 싫어해서 주사 없는 이들과만 어울리는 버릇이 있거든요. 나이 먹으면서 술 먹고 객기 부리는 사람들이 주변에서 없어졌어요. 요즘도 젊은 시인들, 술 취해서 소리 지르고 삿대질하는 거 보면 젊어서 좋겠다 싶다가도 가까이하기 싫어집니다. 러닝머신 위에서 걸으면서 다큐멘터리나 미드 보는 게 요즘의 낙이에요.

아, 올해 초에 트위터를 시작했습니다. 재미있더군요. 트위터라는 거, 노출증과 절시증의 절묘한 조합이에요. 교양 있는 바바리맨들의 놀이터라고 할까. 평소에 메모하는 습관이 없는데, 여기에 짧은 글을 올렸다가 산문으로 정리하곤 합니다. 몇 년 전부터 읽어왔던 생물학 책에서 정보를 뽑아 동물에 관한 트윗을 올리고 있는데, 이걸 정리해서 '동물'에 관한 산문집으로 완성할 생각이에요. 연재 중인 '사물'에 관한 산문도 트윗 글에서 많이 가져오고요.

4 시집들, 슬픔과 웃음의 화음

오연경   이제 본격적으로 시 이야기를 해야겠네요. 권혁웅 시인에게는 네 명의 자식들이 있는 셈인데, 자식이란 게 본래 낳아놓으면 제각각 자기 인생을 찾아가는 법이잖아요. 문학은 좀 특별해서 낳아놓은 자식이 다시 부모를 낳아주기도 하지요. 네 권의 시집들에 대한 감정이나 애정도가 다를 것 같은데, 특별히 애틋하고 마음 가는 시집을 꼽아주실 수 있나요? 열 손가락 깨물어 차별하라는 무리한 주문 같긴 하지만요.

권혁웅   손가락이 네 개밖에 없는데요? (웃음) 굳이 말해야 한다면 아무래도 나 자신이 살았던 세계를 복원해보려고 애썼던 『마징가 계보학』에 정이 가지요. 첫 시집은 습작들이 이렇게 저렇게 섞였으니 뭐라 말하기가 분명치 않고, 세 번째 시집은 특별히 감각에 헌정하려고 했으니 폭이 좁고, 네 번째 시집은 동시대의 고민과 싸우려고 해서 한계가 분명하고. 그런데 두 번째는 제 기억에 기반을 두고 있거든요. 그러니 속편을 낼 수도 없는, 단 권의 기록물이 되었어요.

오연경   이번 인터뷰를 계기로 네 권의 시집들을 순서대로 읽어 보았습니다. 『소문들』까지 본 눈으로 다시 읽는 첫 번째 시집은 이전에 읽었을 때와 좀 다른 느낌이었어요. 새 시집이 나올 때마다 변화의 각도가 컸지만, 이후에 개척한 시의 어법, 정념의 연산, 비유의 운용 등이 첫 번째 시집에서부터 싹을 틔우고 있었음을 알겠더라구요. 예컨대 「돼지가 우물에 빠진 날」, 「말」, 「여우 이야기」 같은 시는 내용으로는 『마징가 계보학』으로, 소재로는 『그 얼굴에 입술을 대다』의 「상상동물 이야기」 연작과 『소문들』의 「야생동물 보호구역」 연작으로 이어지는 것 같아요. 시인들에게 첫 시집은 남다른 의미가 있을 텐데요.

권혁웅   시인들마다 변화에 대한 갈망과 본연에 대한 추구가 서로 섞여서 길항할 텐데요, 저는 그동안 전자에 대한 의식이 강했습니다. 시집으로 묶은 다음에 비슷한 시가 나오면 몇 달 동안 시 쓰는 걸 중단하기도 했어요. 그런데 나중에는 시집마다의 격벽보다는 그것들을 이어주는 끈이 있다는 걸 알게 되었어요. 변화를 꿈꾼다고 해도 자기 바탕을 버리지는 못했던 거죠. 그래도 네 권을 냈으니 이런저런 갈래가 없지는 않을 텐데, 첫 시집은 그런 게 뒤죽박죽 섞인 번데기 같은 시집이죠, 아직 변태를 하지 못한. 첫 시집 내고 얼마 안되어서 최정례 시인을 만났는데, 저에게 한 40편만 실렸으면 좋은 시집인데 아깝다는 말을 하셨어요. 그때는 혼내는 말로만 들렸는데, 지금은 무슨 말인지 알죠.

오연경   권혁웅 시인, 하면 많은 사람들이 『마징가 계보학』을 떠올리는 것 같습니다. 아주 강렬한 인상을 남긴 시집이지요. 이 시집의 주체와 화법은 사실 이전까지는 거의 본 적이 없던 것이었어요. 해설을 쓰신 황현산 선생님께서는 이 시집에서 "간절한 무한"을 발견하고 계신데요. 이 시집을 매력적으로 만든 것은 아이러니와 유머를 동원한 독특한 화법이지만, 그런 식으로 말할 수밖에 없는 주체의 내면에는 어떤 거대한 정념이 도사리고 있는 것 같아요. 이 무한함의 감정에 대해 한 말씀 부탁드려도 될까요?

  권혁웅   그 시집에 실린 시들을 쓸 때가 시가 '쏟아진다'는 걸 경험한 최초의 순간 같아요. 대학 때에도 하루에 두세 편 쓴 적은 있지만 그건 말들을 뽑아내기 위한 강제적인 펌프질이었죠. 2002년 여름에 「드래곤」이란 시를 썼는데요, 그 후로 내 안의 말들이 출구를 찾은 거 같아요. 2005년 여름까지 「상상동물 이야기」 연작과 함께 시집에 실릴 시들을 썼어요. 어떤 때에는 아침에 한 편, 저녁에 한 편을 쓰고. 보름 만에 다섯 편을 쓴 적도 있고.

 다니던 교회가 옛 동네에 있어서 가끔 찾아갔는데요. 어느 날 보니 재개발이 들어가서 집들이 쑥밭으로 변해 있는 거예요. 주인이 이사를 가면 대문 앞에 빨간 스프레이로 X를 그리거든요. 이 집은 때려 부숴도 된다는 뜻이죠. 그게 침묵 시위할 때 마스크에 표시한 X 같았어요. 그게 나한테는 전 세계였는데 말예요. 가족도 첫사랑도 이웃들도 죄다 거기 있었는데 그게 지상에서 사라지고 있었어요. 이 세계는 자신이 거기에 존재했었다는 걸 증언하지도 못하고 망각 속으로 빨려 들겠구나 싶었죠. 나밖에 이게 여기 있다는 걸 말할 사람이 없다는 생각이 들고. 그래서 그걸 시로 옮겨오자고 마음을 먹었죠. 무한이 있다면 말의 출구 너머에 있는 그 세계의 아득함 같은 게 아니었을까요. 유머와 아이러니가 견딜 수 없는 체험 앞에서 심리적인 거리를 두기 위한 방어기제였던 것만은 아니에요. 그때가 힘들던 시절인 건 맞지만 그래도 내게는 한 세상인데, 어떻게 힘든 일만 있었겠어요? 저는 지금도 슬픔과 웃음은 함께 간다고 생각해요. 서로 화음일 수도 있고, 보색효과일 수도 있고.

오연경　　　그렇게 시를 쏟아내고 나서, 『마징가 계보학』의 세계와 이별하기가 쉽지는 않았을 것 같아요. 『그 얼굴에 입술을 대다』에는 '권혁웅 표' 시의 색채가 여전하지만, 이전 세계와의 결별의 의지가 느껴집니다. 유년의 서사를 지나 사랑과 청춘의 서사로 옮겨간 것으로도 볼 수 있고, 좀더 넓게는 은밀하고 사적인 감각들이 작동하는 공통 지평, 소위 '감각의 논리'에 대한 시적 실험에 도전한 것으로도 볼 수 있고요. 『마징가 계보학』의 기억술에서 사랑과 감각의 논리로 넘어오게 된 경위를 듣고 싶습니다.

권혁웅　　　『마징가 계보학』은 달동네에서의 입산 수행기(?) 같은 거니까 하산한 다음에도 계속 거기에 매여 있을 수가 없죠. 그 중간에 어중간한 시들이 있었는데요, 시집에서는 다 빼버렸습니다. 십대의 방황담이 나왔으니 이십대의 청춘물이 나왔다고 하면 될까요? (웃음) 그건 아니고, 그때 감각에 빠져 있었거든요. 기억과 감각과 욕망의 트로이카가 우리 몸에서 결합된다는 생각이 들었어요. 그래서 몸을 탐색하면 다른 것들이 나오겠구나 싶었죠. 감각과 몸과 말이 만나는 자리를 선보이고 싶었는데요. 이전 시집의 유머나 아이러니를 버리고 정색하고 달려들어서 그런지 독자들의 호응이 크지는 못했어요.

오연경　『소문들』에서는 또 한 번의 변화를 보여주셨죠. 이 시집에는 시대에 대한 울분과 풍자가 들끓고 있는데요, 특히 그 끓어오름이 연작시로 표출되었다고 생각돼요. 이전 시집들에도 연작시가 적지 않은 비중을 차지하고 있죠. 이토록 많은 이야기를 쏟아내게 하는 힘은 어디서 오는 것일까, 항상 궁금했습니다. 연작을 구상할 때 처음부터 기획이 서는 것인지, 아니면 우연히 써진 한 편에서 감자 캐듯 줄줄이 상상력이 확장되는 것인지 궁금해요. 『소문들』의 경우 방대한 규모와 전체적인 긴밀성으로 보았을 때 처음부터 어떤 기획이나 의도가 있었을 것 같은 생각이 듭니다.

권혁웅　한 편만으로 자기가 할 말이 안 끝났다는 생각이 들면 연작을 쓰게 되죠. 이 시집에 연작시가 많은 건 해소되지 않는 감정이 있었기 때문입니다. 시집을 4부로 구성했는데, 1~3부가 「소문들」, 「야생동물 보호구역」, 「드라마」 연작을 중심으로 구성되어 있어요. 우리 사회가 무협지 수준의 깡패논리에 지배받는다는 것(1부), 인간의 본질이 동물의 모습이나 양태로 설명된다는 것(2부), 천민자본주의 아래서의 인간관계가 고작 드라마의 문법으로 포착된다는 것(3부)을 폭로하고 싶었죠. 최근 몇 년 동안 힘 있는 자들의 탐욕에 희생된 사람들이, 생활이 아니라 생존밖에 할 수 없는 이들이, 또 자본주의의 그물에 희생된 사람이 얼마나 많아요? 시대에 대한 울분이 꽉 차서 압력밥솥 안의 증기처럼 터져 나오곤 했죠. 나도 그중의 한 사람이라 동시대를 살아가는 사람으로서 가만히 있을 수는 없다고 생각했죠. 시집 원고를 보내면서 뒤표지 글에 "버림받는 걸 두려워하지 않을 것이다."라고 썼어요. 좋은 세상이 와서 이 시집의 비판이 무능력해지는 때

원래 자리로 돌아온 거라고 생각해요. 시는 처음부터
세속, 통속의 자식이에요. 사람들이 서로 어울려 만들어내는
그 지지고 볶는 현장이 아니라면 시가 달리 어디서
제 자신의 감정을 길어 올리겠어요?
『소문들』의 연장선상에 있는 시들도 더러 썼지만
일부러 근작시 묶음에 포함하지 않았어요.
무엇보다도 풍자가 품은 자기정당성을 고집하는 게
좀 민망한 일이었어요. 나한테 맞지 않는 옷이었다는 생각도 들고.
첫 시집에서도 이런 풍경이 제법 있어요.
그때 다 가지 않은 길을 먼 길을 돌아와서
다시 걷는 기분이기도 해요.

가 어서 왔으면 해요.

오연경　　저는 어떤 함수적 체계가 강하게 작동하는 연작시의 목소리와 그렇지 않은 시편들의 목소리가 서로 상이하게 느껴집니다. 특히 『소문들』에서 비교적 많은 편수로 이루어진 연작시일수록 시적 주체는 장르의 가면 뒤로 숨고 언어적 전략이 전면에 내세워지는 반면, 적은 편수의 연작시나 단편시에서는 시적 주체의 목소리가 진솔하게 울려 나오는 것 같아요. 예전에 썼던 리뷰에서 "그것은 소문들의 차갑고 두꺼운 벽, 그 속을 알 수 없는 세상과 거기서 노숙해야만 하는 우리들의 깨지기 쉬운 내면을 볼륨화한 것처럼 보인다."라고 분석했었는데요. 「소문들」 연작의 경우 한자어와 낯선 어휘의 뜻을 되새기며 언어유희를 풀어가는 지적 재미가 있지만, 사실 가슴을 때리는 건 「집으로 가는 길」, 「강변 여인숙 1」, 「숙맥(菽麥)」, 「멜랑콜리아」 연작 같은 시였어요. 주체와 목소리의 이러한 채도 차이에는 어떤 이유가 있는 것이겠지요?

권혁웅　　정확한 지적입니다. 긴 연작시란 게 방금 말한 세 연작일 텐데요, 거기선 아무래도 공동체의 영역에 관한 공적인 발언이 앞설 수밖에 없죠. 시란 게 아무리 옳은 말을 해도 도덕적인 정당성을 가지고 말하면 속화됩니다. 시에서의 비판이란 저 자신을 대상으로 포함한 비판이죠. 그런데 시대에 대한 울분이 클수록 그게 잘 안 돼요. 풍자의 한계가 거기에 있지 않나 싶어요. 말해준 시들은 그 사이사이에 끼어 있는데, 그 시들이 원래 제 시의 성격이 아니었나 생각해요. 멜랑콜리와 연애와 사담의 영역에 속하는 시들이죠. 제 시의 고향이 거기였고, 최근의 시들은 그리로 돌아가고 있다고 느낍니다.

5 최근 시, 세속과의 고결한 만남

오연경　　드디어 최근 시에 이르렀네요. 이번 미당문학상 수상작인「봄밤」과 근작시들을 읽었습니다. 발표 지면에서 한 편 한 편 접할 때와는 달리, 모아놓고 보니 다섯 번째 시집의 윤곽이 보이는 것도 같아요.「봄밤」이 수상작으로 결정되었는데 혹시 예상은 하셨는지요? 본래 신춘문예도 그렇고 대표작이라 생각지 않았던, 힘 빼고 쓴 시가 의외의 당선작이 되잖아요? 심사평에는 "일상성을 뒤집는 섬뜩한 인식과 그것을 능청스럽게 풀어내는 해학"을 이 시의 미덕으로 꼽고 있는데요.

권혁웅　　수상작이 될 줄은 예상하지 못했어요. 해학이나 일상성을 다룬 시들이라면 여러 편이 있었거든요. 확장성이 크지 않다고 생각했는데, 대신에 짜임새가 있다고 봐주신 거 같아요. 대학 때에 여전히 삼선동에 살았는데 버스가 열시면 끊겨서 밤이 늦으면 걸어오곤 했어요. 술을 먹고 걷다가 힘들면 성북천 벤치에 누워서 자기도 하고. 그때 기억이 오래 몸에 있다가 시가 된 겁니다. 봄밤의 서정이라고 할까요? "이화에 월백"은 아니지만, 취기가 어떤 간절함의 표현이기도 하잖아요? "다정도 병"이 되려면, 그 전에 수작(酬酌)—이건 말 그대로 술잔을 주고받는 거죠—이 있어야 할 테니까요. (웃음)

오연경　　"현세와 통하는 스위치"는 사실 우리를 현실 논리에 묶어놓는 사슬이기도 한 것 같아요. "전 생애를 걸고/이쪽저쪽으로 몰려다니는 동안" '온-라인' 상태를 결코 포기할 수 없지요. 자본주의 사회에서 존재한다는 것은 생명이 붙어 있느냐의 문제가 아니라, 자본의 전원에 연결되어 있느냐의 문제인 것 같아요. '1대 100'이라는 퀴즈 프로그램 있잖아요? 그걸 보면 스튜디오 안에는 처음부터 끝까지 100명이 있어요. 하지만 사람을 비춰주는 전광판에 전원이 꺼지면 그 사람은 존재하지 않는 거나 마찬가지죠. 불 꺼진 채 없는 존재로 살아 있는 이들은 '좀비'나 '유령'이겠지요. 「봄밤」에는 자기를 토해버림으로써만 안식을 얻는, 이 시대의 비극적 아이러니가 들어 있어요. 스위치를 내린 '오프-라인'의 "캄캄함"이 주는 "편안함"이란 도대체 무엇일까요.

권혁웅   왜 바다에 닿아본 사람만이 느낄 수 있는 편안함이 있잖아요? 취기를 못 이길 때에는 땅바닥이 등을 기댈 수 있게 받쳐주는 때가 있죠. 지갑을 이미 잃은 사람은 정신 차리고 지켜야 할 것이 없으니까 편안히 놓아버릴 수 있게 되고. 주변에서 몇 번 봤는데 사업하는 사람은 어느 순간이 오면 자기가 망할 거라는 걸 알아요. 알긴 아는데, 그래도 여기저기 자기가 빌릴 수 있는 모든 사람에게서 돈을 빌리고 나서는 장렬하게 망해요. 주변까지 구덩이에 쓸어 넣고는 폭삭 주저앉는 거죠. 그렇게 인간관계까지 다 망가뜨리고 나면 이상하게 편안해져요. 더 갈 수 없는 바닥에 이르렀을 때 바닥이 그를 구원하는 거죠. 이 시에도 비극이 있긴 하지만 너무 비극적으로만 읽지는 않았으면 해요. 비극만이 진짜 웃음을 낳는 근원이거든요. 나는 그 불 꺼진 이의 내면에 관심이 자꾸 가요. 이제 당신은 일어설 수 있겠구나. 더 갈 데가 없으니 돌아오겠지, 이런 생각이 듭니다.

오연경   근작시에는 '도봉근린공원' '금영노래방' '신의주찹쌀순대' '24시 양평해장국' '조마루 감자탕' '천변체조교실' '주부노래교실'

등 일상에서 접하는 풍경들이 많이 들어와 있습니다. 『소문들』이 스위치를 강제 작동시키는 시스템에 대한 비판이었다면, 최근 시들은 '불 꺼진 이들의 내면'으로 그려낸 이 시대의 자화상이라는 생각도 드네요. 새삼 이러한 소소한 일상과 보통 사람들의 삶에 주목하게 된 계기는 무엇인가요?

권혁웅   원래 자리로 돌아온 거라고 생각해요. 시는 처음부터 세속, 통속의 자식이에요. 사람들이 서로 어울려 만들어내는 그 지지고 볶는 현장이 아니라면 시가 달리 어디서 저 자신의 감정을 길어 올리겠어요? 『소문들』의 연장선상에 있는 시들도 더러 썼지만 일부러 근작시 묶음에 포함하지 않았어요. 무엇보다도 풍자가 품은 자기정당성을 고집하는 게 좀 민망한 일이었어요. 나한테 맞지 않는 옷이었다는 생각도 들고. 첫 시집에서도 이런 풍경이 제법 있어요. 그때 다 가지 않은 길을 먼 길을 돌아와서 다시 걷는 기분이기도 해요.

오연경   이번 수상 관련 기사에서 이렇게 말씀하셨죠. "시는 한 세계가 다른 세계와 일대일 대응을 하는 것이라고 생각해요. 맞대는 방식, 잇대어 보기라고나 할까요." 이 말을 수학적으로 표현하면 $y=f(x)$의 함수로 나타낼 수 있을 것 같아요. 권혁웅의 시는 x의 값에 현실을 대입하여 그에 따라 종속적으로 정해진 언어 y의 값을 산출해내는 독특한 연산 방식을 매번 새롭게 개발하고 있는 셈이죠. 어린 시절 삼선동의 가난한 이웃들을 마징가와 그의 친구들로 치환하고, 대한민국의 인간군상을 무협계의 유파와 권법으로 치환하는 식으로요. 어쩜 이렇게 딱 맞아떨어질까 싶은 쾌감을 선사해요. 그러니까 현실의 규정할 수 없는 무한을 시의 언어로 풀어내는 주요 연산자 중 하나가 유머와 아이러니라고 말할 수 있을까요?

권혁웅　　내 시가 잘 작동하는 그런 연산자를 제공했으면 하는 소망이 늘 있어요. 어렸을 때 머릿속에서 그런 상상놀이를 많이 했거든요. 삼국지나 프로야구 같은 걸 보고 새로운 인물을 대입해 넣어 진행하는 게임 같은 거. 무협이나 판타지도 규칙은 똑같아요. 특별하게 설정된 한 판이 있고, 그 판의 규칙과 질서에 따라 지금 세상을 번역하는 거지요. 관건은 저 함수 상자가 잘 작동되어야 한다는 것이고, 그건 x값을 갖는 이 세상을 얼마나 유효하게 번역할 수 있느냐에 달려 있을 겁니다. 그 번역이 주는 쾌와 불쾌에서 유머와 아이러니가 생산된다고 말할 수도 있을 테고요. 나는 유머가 세속이 갖는 자기정당성 같은 거라고 상상합니다. 시에서도 인용한 적 있는데, "님이라는 글자에 점 하나를 찍으면 남이 되는 세상사" 같은 노래, 얼마나 정곡을 찌릅니까? 세속이 그 지극한 지경 안에서 스스로를 들어 올리는 때가 있어요. 정색하지 않으면서도 윤리가 되는 경지죠. 최근의 저는 세속의 결을 따라가되, 그 세속이 스스로 고결해지는 경지가 어디에 있을까를 고민하고 있어요.

오연경　　방금 하신 말을 조금 변형하여 "연산자의 결을 따라가되, 그 연산자 스스로 시적이 되는 경지"로 바꾸어 본다면, 이것이 권혁웅의 시 세계를 설명하는 키워드가 될 수 있지 않을까 싶어요. 그런데 그 결이 바뀌는 지점, 즉 의미의 체계와 논리에 탄력을 부여하여 시적인 것을 창출해내는 지점은 첫 시집부터 지금까지 일관되게 유지되어 온 독특한 리듬감에 있다고 생각돼요. 그것은 절제되었음에도 불구하고 연산자에 대한 제어력을 발휘하는, 정념의 균형과 긴장에서 비롯

되는 것으로 보여요. 저는 첫 시집에 실린 첫 시「파문」과『소문들』의 첫 시「군입」에서 시간의 간격을 뛰어넘는 권혁웅 시의 원형적 리듬을 느낍니다. 이 리듬이 지금까지 변주와 파격을 거듭해온 것이 아닐까요.

권혁웅 많은 시인들이 그럴 텐데요, 저도 시를 쓰고 나서는 머릿속에서 여러 번 읽어봅니다. 소리 내지 않지만 낭송하는 훈련이지요. 신기한 게, 말의 결이 거슬리는 부분이 있으면 반드시 의미가 어그러지거나 과잉이거나 결핍된 부분이 있어요. 이건 제 시에만 해당되는 게 아니라 시가 품고 있는 비밀 가운데 하나일 거예요. 얼마 전『당신을 읽는 시간』낭독회를 했는데요, 이영광, 이준규, 오은, 유희경 네 시인이 찬조 출연해주어서 시를 읽었어요. 희한한 게 이영광 시인의 시는 자연인 이영광의 목소리를 품고 있고, 이준규의 시는 자연인 이준규의 목소리와 닮았더라고요. 다른 두 시인도 그렇고. 아마도 시인의 몸을 통해서만 구현되는 말의 몸이란 게 있고, 이것이야말로 그 시인만의 생래적인 리듬으로 드러난다고 해야겠죠. 제가 제 리듬을 분석하는 건 그렇고. (웃음)

오연경 최근의 한 인터뷰에서 늙음과 쓸쓸함에 대해 이야기한 걸 읽었습니다. 마흔은 젊은 척하고 살아도 되는 30대와는 많이 다르다는 말에 좀 찔리기도 하고 두렵기도 했지요. 어찌 보면 시 쓰기란 늘 첫사랑의 마음이 되는 일일 텐데, 생활 속의 몸에는 주름과 통증과 고장과 생계가 매달려 있습니다. 생활과 문학의 간극, 현실과 청춘의 간극을 어떻게 감당하고 계신지요?

권혁웅 간극은 인간이 처한 생래적이고 실존적 국면이라는 생각을 해요. 어쩌면 그런 간극 자체가 인간이 아닐까 싶기도 하고. 저는 시를 쓰는 두 개의 중심이 '청춘'과 '어머니'라고 생각해요. 청춘이 한 순간의 타오름으로 존재하는 영원한 현재라면, 어머니는 자꾸 늙어가면서도 거기에 그대로 있는 과거일 테죠. 그 사이에 우리가 있을 텐데요, 그 점에서 지금의 제 나이가 시를 쓰기에 최적화된 나이라는 생각도 듭니다. 사십대라는 게 청춘은 갔지만 노년은 오지 않아서 여전히 회상과 전망을 같이 할 수 있는 나이이기도 하고, 부모가 되었지만 여전히 자식이기도 해서 회초리를 들고 어리광을 부리는 나이이기도 하니까요. (웃음) 그 긴장을 누려보려 합니다.

오연경　앞으로의 구체적인 계획이 있다면요?

권혁웅　늘 이 질문 앞에서는 무슨 책을 쓰려고 한다는 것 외에는 답변할 게 없었어요. 사실 다른 걸 상상해본 적이 별로 없기도 하고요. 부지런히 읽고 쓰겠다는 말 외에는 할 말이 많지 않네요. 지금껏 살아온 것보다는 후회가 덜한 미래였으면 좋겠어요.

오연경　긴 시간, 분방한 질문에 조리 있게 답변해주셔서 감사드려요. 이번 인터뷰가 '시인 권혁웅'의 윤곽을 조금이라도 섬세하고 따뜻하게 더듬었기를 바랍니다.

권혁웅　번거로운 일을 마다하지 않아주어서 고맙습니다. 지금부터 저는 이 윤곽을 벗어나기 위해서 노력하겠습니다. (웃음) 수고하셨습니다.

최종후보작

제I2회
미   당
문학상

고영민의 시만큼 서정시의 문법에 정통한 사례도
드물 것이다. 새와 나무와 꽃, 인간과 짐승과 물건들을 두루 어루
만지고 끌어안는 정감 어린 목소리에서, 이러한 재료들을 빌려 오
래되었으나 여전히 유효한 어떤 가치를 문득 낯선 것으로 빚어 내
놓는 데서 그렇게 느끼게 된다. 그러나 그의 시가 더 크고 깊게 울
리는 것은 이 서정의 테두리에 금이 가고 어떤 미지의 감각이 얼
굴을 드러내는 때인 것 같다. 그는 어쩌면 그가 집 지어 사는 세상
을 사랑하는 것만큼이나 그것을 거머쥐고 움직여가는 어둡고 낯
선 힘에 자주 포획되는 건지도 모르겠다. 무언가 인력으로 잘 안
되는 것, 알 수 없는 것이 엄습하는 장면들은 모호하거나 섬뜩하
지만, 어린 딸의 머리에서 "애기무덤"을 보고 잘린 나무에서 "톱이
지나가는 몸"을 느끼는 감각에는 골똘히 주의를 모으게 하는 힘
이 들어 있다. 이럴 때 시의 말은 문득 이곳에 없는 사람의 목소리
를 닮는다. 시의 인물은 모르는 말을 듣고 그것을 거의 모르는 채
로 옮긴다. 그는 아프고 좋은 귀를 가졌다. 가령 「방언」에서처럼
새인 듯 아이인 듯한, 꽃인 듯 아이인 듯한 목소리가 시에 들어올
때 그는 허밍에 지핀 채로 "방언"을 내놓는 착란의 시간을 살고 있
는 것 같다. 이 "걷잡을 수 없는 맘"의 상태는 기실 시의 터전이라
할 마음의 심층에 대한 무의식적 개방 상태일 것이다. 이를 그의
시가 열어나갈 앞날의 한 방향이라 예견해볼 수 있지 않을까.

이영광(시인)

고영민 1968년 충남 서산에서 태어났다. 2002년 《문학사상》으로
등단했으며, 시집으로 『악어』, 『공손한 손』이 있다.

반음계

외 5편

고
영
민

반음계

새소리가 높다

당신이 그리운 오후,
꾸다 만 꿈처럼 홀로 남겨진 오후가 아득하다
잊는 것도 사랑일까

잡은 두 뼘 가물치를 돌려보낸다
당신이 구름이 되었다는 소식
몇 짐이나 될까
물비린내 나는 저 구름의 눈시울은

바람을 타고 오는 수동밭 끝물 참외 향기가
안쓰럽다

하늘에서 우수수 새가 떨어진다

저녁이 온다
울어야겠다

독서

하늘에서 책을 빌릴 수 있습니다 나무에게서 책을 빌릴 수 있습니다 새는 날아가고, 날개와 찬비를 머금은 이른 저녁에게서 책을 빌릴 수 있습니다

귀뚜라미에게서 책을 빌릴 수 있습니다 저녁엔 딸애의 머리를 감겨주고, 빗겨주었습니다 흰 가르마 옆에 핀을 꽂아주었습니다 정수리 쪽으로 작은 오솔길이 나 있어 그 길을 다 걸어가보았습니다 둥근 애기무덤이 있었습니다

애기무덤에게서도 책을 빌릴 수 있습니다 빌린 책의 서문(序文)을 읽다 말고 애기무덤에게로 가는 저녁 빗소리를 듣습니다 철새와 이른 저녁과 오솔길, 나무빗, 애기무덤이 있는 이 방이 있어 행복합니다, 쓸쓸합니다 머리맡에 두고 읽는 책들입니다 돌무더기에서 젖은 돌을 골라 책장을 눌러놓고 깜박 잠이 들었습니다 빗소리에 깨어 돌을 치우고 다시 애기무덤을 꺼내 읽습니다

고영민

통증

중국에는 편지를 천천히 전해주는
느림보 우체국이 있다지요
보내는 사람이 편지 도착 날짜를 정할 수 있다지요
한 달 혹은 일 년, 아니면
몇 십 년 뒤일 수도 있다지요
당신에게 편지 한 통을 보냅니다
도착 날짜는 그저 먼 훗날
당신에게 내 마음이
천천히 전해지길 원합니다
당신에게 내 마음이 천천히 전해지는 걸
오랫동안 지켜보길 원합니다
봄, 여름, 가을, 겨울
수십 번, 수백 번의 후회가 나에게 왔다 가고
어느 날 당신은
내가 쓴 편지 한 통을 받겠지요
겉봉을 뜯고 접은 편지지를 꺼내 펼쳐 읽겠지요
그때 나는 지워진 어깨 너머
당신 뒤에 노을처럼 서서 함께
편지를 읽겠습니다

최종후보작

편지가 걸어간 그 느린 걸음으로
내내 당신에게 걸어가
당신이 편지를 읽어 내려가며 한 홉 한 홉
차올랐던 숨을 몰아 내쉬며 손을 내려놓을 즈음
편지 대신 그 앞에
내가 서 있겠습니다

희미한 옛사랑의 그림자

버림받은 후에도 여전히 같은 자리에서
주인을 기다리는 개야

주인은 어디에 있는가
있기는 한 것인가

빨랫줄에서 한 바구니 마른 빨래를 담아와 개면서
하염없이 저렇게 누군가를 기다리다 보면
내가 기다리는 사람도 분명 저 길을 따라 올 것 같은
밑도 끝도 없는 생각
항상 먼저 너를 버린 건 나,
모든 과오는 네가 아닌 나에게서
비롯되었다는 생각

개는 여전히 흰 목수국 옆
쨍쨍 해가 내리는 길 한복판을 지킨 채
앉아 있고

수국이 수국의 시간과 대적하지 않듯

누가 불러도 짖거나 꼬리 치지 않는,
진짜 자신으로부터 멀어지고 있는 것이 무엇인지
뚫어지게 쳐다보면서
지독한 기억 속으로
느릿느릿 오는 허기 속으로

끝끝내 버림받았다는 것을 믿지 않는
개야

빌려 울다

바위는 어떻게 우는가
자귀나무는,
배롱꽃은

불볕에 달구어진 너럭바위가
소나기를 만나 벌컥벌컥 물을 들이켜고 있었다

어젯밤에는 잠든 사이
양철지붕을 빌려
비가 한참을 울다 갔다
애가 울면 아내는
자다 가도 벌떡 일어나 젖을 꺼낸다

나는 여태껏
매미가 우는 줄 알았다
나무가 매미의 몸을 빌려 울고 있었다
울음이 다하면
얼른 다른 나무의 그늘에 붙어
대신 또 몸으로
울어주고 있었다

방언

새는 나무 속에 있지요
꽃은 돌 속에 있구요

물 한 모금 먹고 와 울지요
물 한 모금 먹고 와 피지요

낮은 소리로 울지요
낮은 소리로 피지요

아이는 돌 속에 앉아
나무 위에 앉아
새를 그려달라, 꽃을 꺾어달라
보채고

새야, 꽃아
네가 어찌하여 여기 있느냐
걷잡을 수 없는 맘 하나가 움직여
눈이 부어
울지요
목이 아파 피지요

최종
후보
작

비가 멈춰

외 5편 / 김영승

김영승의 시는 대쪽에 가닿는 칼날 같다.

그는 말 속에 뭔가를 가려 숨기지 않고 화려한 수식으로 치장
하지 않으면서 즉각적인 힘을 발휘하는 시어를 구사한다.

우리 문학사에 한 획을 그은 시집 『반성』에서부터 다기한 모습
을 거쳐 시집 『화창』에 이르기까지 그는 한순간도 긴장의 끈을
늦추지 않고 존재의 본질을 꿰뚫는 탁월한 시들은 쏟아내었다.
그의 시편을 관통하는 서늘한 말들이 우리 마음속에서 소용돌
이치며 떠나지 않는 이유는 무엇보다도 존재의 진실을 파고드
는 직관의 능력 때문일 것이다.

특히 그의 최근 시에 간간히 얼비치는 그의 일상에서, 그 일상
으로부터 잇대어 직관해내는 우주 만상과 인류애의 말들에서
우리는 장엄하고 허무한 은둔자의 목소리와 어린애 같은 순정
한 목소리를 함께 들을 수 있다. 그의 이러한 시의 말들은 우리
시단에, 아니 다른 나라 어디에서도 찾기 어려운 개성의 것이기
에 그는 소중한 시인이다.

최정례(시인)

김영승 1958년 인천에서 태어나 성균관대학교 철학과를 졸업했다.
1986년 《세계의 문학》 가을호에 「반성·序」 외 3편의 詩를 발표하
며 등단했다. 시집 『반성』, 『車에 실려가는 車』, 『취객의 꿈』, 『아름
다운 폐인』, 『몸 하나의 사랑』, 『권태』, 『무소유보다도 찬란한 극
빈』, 『화창』, 에세이 『오늘 하루의 죽음』 등이 있다. 현대시 작품
상, 불교문예 작품상을 수상했다.

비가 멈춰

이 새벽
이 얼음처럼 푸르스름 맑고
시커먼 하늘을 직박구리 한 마리
고래헤엄 하듯
까가가각 찢어지는 高音으로
포물선을 그리며 순간
공중에 정지되어
순간 추락하는 듯

마치
이 새벽의 空中이
深海나 되는 양
發光 오징어처럼 그렇게
쭉쭉

그런 飛行法으로
마치 누가 직박구리를 탄환으로
大砲를 쏜 듯
총으로 쏜 듯

최종후보작

엄청 아프고
엄청 驚愕스러운
엄청 공포에 질린 것 같고
엄청 황홀한 것도 같이
그저 魂이 다 나간 듯
아니 그 자신이
魂인 듯

이 都心에 뱀딸기는 이
짙푸른 잔디, 질경이, 머위, 부추 等等
사이에서 자신은 현재
最高潮의 猛毒 상태라는 양 최고
절정이라는 양

그냥
자신의 현재
최고의 자기 자신이라는 양

역시 그 색깔로 發光하며

이 장마
앞으로도 300 *mm* 이상
폭우가 며칠
더 쏟아진다는 이
장마

生과 死
此岸과 彼岸

나는
이미 싹이 나서
내가 매어놓은 줄을 타고 오르는 그
마 줄기 잘 있나
한 번 나가보았을 뿐인데

마는 아마도
다섯 군데서 싹이 나
다섯 군데 줄을 타고
싱싱히, 潤澤하게

잘 올라가고 있었다

그리고
오늘은 콩을 심어야겠다고 생각했고

우산 쓰고
콩을 심지 않는 게
좋겠다고도 생각했다 오늘은

가령
후쿠시마 原電 및 그 以前
미국 쓰리마일, 체르노빌 원전 사태를
전후해서 생겨난
원전 반대론자들의 主張 역시

가령
쇼펜하우어의 독서無用論처럼

그 原電으로 인한 총체적인

혜택과 피해가 이미
原爆 투하 前부터
밀물처럼 서서히
밀려오게 되니까 생긴

그 反應이며
自覺이며
現象이라고 생각하니

이 順하고 怯먹은 눈의
人類들

아인슈타인도
닐스 보아도
하이젠베르크도 또

그 누구도
사하로프도

다들

이
에피메테우스들

이
전체주의자 히틀러 및
히틀러 一般들

마더 테레사들
마틴 루터 킹 목사들 그저

이 새벽

직박구리와
뱀딸기 사이에서

그
찬란하고 장엄하고 허무한

盲目的 生의 意志의 大전환

아하,

그러니까
아인슈타인도, 히틀러도 그

사이

그 사이는
미노스 섬의 迷宮

그

직박구리와
뱀딸기 사이에 無限天空
그 迷宮에 갇혀

잡아먹거나

먹을 걸 달래거나

여하튼
그러다가 슬피 울거나
웃는

그런
怪物들이었구나!

하는

健全한 생각을

나는 잠깐
해 보았던 것이다.

그러니
걱정 말라.

띵

머리 깨진 인간이
나뿐이냐?

아니다 라고
頭頭物物이 그런다 豆腐도
그런다 龜頭도
그런다

새벽에 잠깐 일어났다가 도로 누우려다가
머리맡 卓子 모서리에 머리를
된통 부딪쳤다 頭蓋骨이

無蓋車가 되는 줄 알았다

노숙자라고?

나의 露宿은 腦의 露宿
腦가 아직 두부처럼
접시 안에 있으니

나는 아직 노숙자는 아니다

오늘은 날이 참 흐린데
살구꽃 꽃사과 꽃이
주변을 더 어둡게 한다 白木蓮 꽃인가?
꽃잎이 참 많이도 찢어진 채 붙어있는
참 희한한 종류의 白木蓮 꽃도
찢어진 채 다 흩어져 있어
天地玄黃이다

머리통은 꽤 여러 번 난타당한 적 있어 반짝반짝

깨진 두개골에 황금 板을 대고 수술을 한
고대 잉카인의 미라와 그 白骨이

비에 젖은 磨崖石佛을
훈계하는 듯하다

머리가 깨졌는데
배가 고플 것까지야

할 일 없다

그렇게도 할 일 없냐?
없다.

이 주말
태풍을 동반한 비에
콸콸

구제역 가축 매몰지
流失되겠네 그것도

무덤이라면 무덤인데
七百義塚처럼 미국

사우스다코타 주 블랙 힐즈처럼
운디드니처럼 數

百萬位 돼지와 소들은
그 生매장당한 父母兄弟, 이웃들은
이제야 浸出水로

빗물로

그 地獄을
빠져 나오네

그 뼈면
뼈다귀 해장국이
그 꼬리면
꼬리곰탕이 그
뚝배기가 바벨탑
그 뚝배기의 塔이
天路歷程

地下에서 곧바로
天上으로
수직의 실크로드여!

그 살로 塗布하면
고층 아파트 투신 자살자

하이 다이빙, 공수낙하
다 받아내고도 남겠네

그 살이면
삼겹살이
안심이, 등심이

폐타이어 가공
푹신푹신한 포장도로처럼
인조잔디처럼

대학을
교회를
운동장을 연병장을

다 덮고도 남아

그 뼈면
全國 전원주택

담장을, 울타리를
철조망을

탱자나무 울타리처럼
다 만들고도 남아

一生
관계도 없는 것들이

상추와 마늘과 고추와 고추장과 쌈장과 깻잎과
삼겹살과 만나

돼지의 살이 왜
그런 것들과 섞여야 하는지는

비가 쏟아지니
살아남은 돼지 새끼나 송아지 中에
제 父母를 기억하는 영혼이 있어

그 무덤가를 바라보며

스스로는
減種도 할 수 없는

雨中 이사

판초 우의 같은
국방색 얼룩무늬 우비를 뒤집어쓴
슬리퍼
아름다운 이사
사다리차

살구나무보다도
모과나무보다도 더 높게
노란 사다리차 뻗치고

빈 노란 바구니 올려 보낸다
아주 팽글팽글 돌아가는 뿔테안경

잘 포장된 파란 상자는 또
내려오고

사다리차 리프트가 올라간다
내리는 비도
저 地上 가까이 내린 비를

조금은 도로 갖고 올라갈까

나는 아파트 1층
거실 스텐드 앞에 앉아
베란다 창문으로 끊임없이 오르내리는

리프트를 본다 아마도 이
雨中 이사를 가나 본데

이대로 이 리프트를 타고
九泉 地下世界로

아니면
九萬里長天 은하수 너머로
완전히 이사가 버리지 리프트는 이 雨中

저 地下로부터
天上까지
돌계단을 쌓는 듯 地下의

天上의
長方形 돌을 끊임없이
쌓아간다 두 무릎으로 기어

오르내리던 그
나의 돌계단이라는 듯

床石 같은
魂遊石 같은
그 돌계단에 걸터앉아
雨中 점심을 먹었으며

그 돌계단에
磔刑처럼
태질을 당하기도 하였노라고

주먹으로
코피를 씻으며 방글방글
눈물도 훔치며

한 걸음씩 걸어 내려가
魂들에 인사하고 두 손을
오그려 맑은 물 한 모금
엎드려 마시고

또 한 걸음씩 걸어 올라가
魂들에 인사하고

피라밋이건 잉카의
石築이건 앙코르와트나
北滿 고구려의 築城
또는 내 外家 송악면 외암리의
그 돌담들

正, 長方形으로 깎은 돌이건
自然石이건 날라다가
담을 쌓고, 벽을 쌓고, 城을 쌓고
집을 짓고 寺院을 짓고
虹橋를 건설하고

최종후보작

돌들은
墓碣로
神道碑로
下馬碑로 그 모든

功德碑로
로제타스톤으로

모르겠다
멱라수에 돌을 끌어안고
뛰어내린 屈原도 보기 싫고
고인돌도
스톤헨지도 다
暴力의 상징이며 그 흔적이라
떠올리기도 싫다

兇器와 武器의 元祖가
돌이었다니
祭壇도 파르테논 神殿도 다

아폴론 神殿도

그 옴팔로스도 다……

이사를 가거든

부디

돌 그냥 놔두는 데로 가서

잘 사시길……

5호 태풍 메아리가 北上中인데

장맛비 줄기찬 아침

나는 그저 一擧에

그런 雜念의

돌미끄럼틀을

미끄러져 내려왔고 또

뛰어올라가 봤다

최종후보작

强風에 나무……

쏟아 붓는 것인지
두레박으로 물을 길어 올리는 것인지
밤새워 두레박
다 때려 부수는 소리
暴雨 그치고 이 새벽
비는 더는 안 오고 바람만
분다 颱風에 나무는
특히 치솟은 巨木과 巨木의 저 숲은 一齊히
하늘로 빨려 올라가거나 한
방향으로 활처럼 휘면서
나무는
바람과 비의
소리를 낸다

나무는
바람과 햇빛과 비
속에서
흙 속에서
나무라는 듯

태풍에
이 强風에 나무는 저

숲은 巨木들은 하늘 향해 오른쪽 70° 각도로
한 방향으로 쏠려
하늘이 나무를 다
빨아올리는 것인지 나무들이 一齊히 자신을
뻗어
물방울을, 빗방울을 터는 것인지 역시 巨大한

탈곡기가 나무들의 대갈통을 손목쟁이를
다 터는 것인지 콸콸 아니면 아예
역시 거대한 빨랫방망이로 펑펑 때리며
빨래를 하는 것인지 이 都心의

나무들이
나무들의 急流가 결국
천인단애 폭포로
直下하는 것인지

이 태풍 부는 새벽의
나무들의 萬籟는 風籟는, 그

악다구니며, 喊聲이며 口號며 連呼며 자기네들끼리의
眞言이며
그 地上 最大 最低 低音의
숨소리는
숨소리를,

더러운 그늘

더러운 그늘도
있을까 더러운
그림자도

즈믄 江에 비친
滿月처럼

暴雨에 건너편
아파트 5층 높이 巨大한 느티나무 빽빽한 숲 사이로
물이 콸콸콸콸 날다람쥐처럼
이 가지 저 가지로 女子 타잔처럼
뛰어다니듯
쏟아지는 아침

만년청춘

외 5편

김이듬

발랄하고, 거침없는 상상력으로 시의 문법을 새롭게 정초한 시인 김이듬에게 애당초 영예나 보상은 없었던 것일지도 모른다. 그는 그러니까, 난해함의 더미에 묻혀버리고, 도발적이라는 수사에 발목이 잡혀버린, 한마디로, 뒤늦게 재능을 인정받기 시작한, 그러나 늘 시의 새로운 영토를 개척해온 시인이다. 개인사를 우화로 변용해내는 저 탁월한 능력에서, 문어와 구어의 견고한 구분을 뒤흔들어대는 날렵한 문장의 고안에서, 터부와 금기를, 아니 그 억압의 굴레와 자행하는 폭력에 독설과 비판의 알레고리로 당당하게 맞서며 창조해낸 목소리의 독창성에서, 김이듬만큼 힘차게 밀고 나간 시인을 찾아보기가 어렵다고 해야 할까? 이 경우, 안주하지 않으려는 자의식은 시인에게는 가장 큰 미덕이 된다. 김이듬은 발랄했던 예전의 시에서 다소간 벗어나 자기성찰이 강한 새로운 세계를 열어젖히겠다는 의지를 다지고 있으며, "떠나야 해요 나는 거기가 어디든"이라고 말하는 「만년청춘」이나 "내가 무슨 말을 해야 하는지/내 말이 무슨 짓을 했는지"를 따져 묻는 「언령(言靈)이 있어」는 새로운 출사표로 보기에도 부족함이 없다. 바로 이 시론(詩論)과도 같은 시, 자기를 되돌아보는 시, 일상에 빗대어 특유의 리듬으로 시의 입론을 구축해내는 작품들을 선보이며 김이듬은 지금 이 순간에도 미지(未知)의 세계를 향해 한 걸음을 내딛고 있는 중이다.

조재룡(문학평론가)

김이듬 1969년 진주에서 태어나 부산대 독문과와 경상대 국문과 대학원을 졸업했다. 2001년《포에지》로 등단했다. 시집 『별 모양의 얼룩』, 『명랑하라 팜 파탈』, 『말할 수 없는 애인』, 장편소설 『블러드 시스터즈』가 있다.

만년청춘

매년 이맘때면 터지는 폭죽소리 환호하는 사람들 발산하고 발작하고 발화하고 발포하고 발을 굴려요 실신할 때까지 그러고 싶으면

귀를 막아도 들리고 눈을 감아도 훤하다면 갈등도 없이 가고 있다면 축제는 돌아오고 장사는 끝날 줄 모르고 확성기는 꺼질 줄 모르고 아무리 소리 질러도

네가 그들과 같이 간다 해도

나는 떠나야 해요 세상 끝으로 끌려가기 꺼려지는 곳으로 거기도 축제라면 거기를 떠나야겠지만 어디로 갈까요 방방곡곡 축제장이니

부자고 젊고 똑똑하고 심지어 진보적이기까지 한 당신이 시를 쓴다면 콘서트를 연다면 소녀가 쓰러지고 성황이고 계단은 가파르고 초청가수는 보통 가수가 아니니까 노래를 멈추지 않겠지

노래 부르는 사람은 노래하고 음반을 사는 사람은 음반을 사고 그들은 불법음반을 사지 않을 거야 그림도 살 수 있겠지 살 수 있는 사람들만 살 수 있겠지 지금과 같다면

최종후보작

한번 시인은 영원히 시를 쓰고 일단 화가는 계속 화가고 화가 난 어중이떠중이가 나타나지 않는다면 게다가 넌 계단을 치우지는 않잖아 청소하는 사람은 청소를 하고 올라가는 사람은 계속 올라가고 옥상에는 비밀 화원이 있고 떨어지던 사과가 아직도 떨어지고 있다면 우리가 수줍게 키스를 나누고도 영원히 키스를 해야 한다면 웃는 사람들만 계속 웃는다면

만년청춘이라면

이토록 생이 아름답기만 하다면 순간순간이 축복이라며 눈을 돌리고 보면 알 수 있다고 말하는 저 시인의 말이 거짓이 아니라 해도
이 관계를 사랑이라고 부른다 해도
영원히 지속된다면

떠나야 해요 나는 거기가 어디든

독수리 시간

독수리는 일평생의 중반쯤 도달하면 최고의 맹수가 된다
눈 감고도 쏜살같이 먹이를 낚아챈다
그런 때가 오면 독수리는
반평생 종횡무진 누비던 하늘에서 스스로 떨어져
외진 벼랑이나 깊은 동굴로 사라진다
거기서 제 부리로 자신을 쪼아댄다
무시무시하게 자라버린 암갈색 날개 깃털을 뽑고
뭉툭하게 두꺼워진 발톱을 하나씩하나씩 모조리 뽑아낸다
먹지도 마시지도 않으며 며칠 동안 피를 흘린다
숙달된 비행을 포기한 채 피투성이 몸으로 다시 태어나기를 기다린다

이제는 무대에 오르지 않는
아니
캐스팅도 안 되고 오디션 보기도 어중간한 중년여자 연극배우가 술자
리에서 내게 들려준 얘기다
너무 취해서 헛소리를 했거나 내가 잘못 옮겼을 수도 있겠지만
아직도 확인해보지 않았다
그냥 믿고 싶어서
경사가 급한 어두운 골목길 끝에 있는 그녀의 방까지
나는 바짝 마른 독수리 등에 업혀갔다

사과 없어요

아 어쩐다, 다른 게 나왔으니, 주문한 음식보다 비싼 게 나왔으니, 아 어쩐다, 짜장면 시켰는데 삼선짜장면이 나왔으니, 이봐요, 그냥 짜장면 시켰는데요, 아뇨, 손님이 삼선짜장면이라고 말했잖아요, 아 어쩐다, 주인을 불러 바꿔달라고 할까, 아 어쩐다, 그러면 이 종업원이 꾸지람 든겠지, 어쩌면 급료에서 삼선짜장면 값만큼 깎이겠지, 급기야 쫓겨날지도 몰라, 아아 어쩐다, 미안하다고 하면 이대로 먹을 텐데, 단무지도 갖다 주지 않고, 아아 사과하면 괜찮다고 할 텐데, 아아 미안하다 말해서 용서받기는커녕 몽땅 뒤집어쓴 적 있는 나로서는, 아아, 아아, 싸우기 귀찮아서 잘못했다고 말한 후 제거되고 추방된 나로서는, 아아 어쩐다, 쟤 입장을 모르는 바 아니고, 그래 내가 잘못 발음했을지 몰라, 아아 어쩐다, 전복도 다진 야채도 싫은데

너라는 미신

숲으로 엠티 왔네 이름도 거시기한 반성수목원으로 같은 길을 가는
동료들과 함께

변을 비비는 아버지를 두고

퍼지는 햇살 아래 가족처럼 둘러앉아 먹고 마시네 먹을 게 넘쳐나네
신비한 숲 속의 향연이 따로 없네 저만치서 걸어오는 그가 어디선가 본
듯한 그가 히죽히죽 어슬렁거리던 그가 내게 다가오네 먹다 남은 음식
좀 달라고 하네 연신 손바닥을 비비네

흠뻑 변을 비비는 아버지를 두고 왔네 혼자서 칠갑하고 있겠지

먹던 도시락을 건네네 방울토마토 굴러가네 마시려던 맥주병도 던져
주었지 내 곁에 쭈그려 앉은 그가 추잡한 옷차림의 그가 여기저기 버
려둔 떡이며 찌꺼기 같은 걸 갈퀴 같은 손으로 끌어와 입으로 주머니
로 쑤셔 넣는 그가 게걸스럽고 무례하고 추레한 또 뭐라고 할까 그래
인간도 아니다 수치심을 이긴 죽음을 극복하는 허기 불멸하는 궁기 그
리하여 인간을 넘어서는

신이다 신이 오셨다

  걸신도 되지 못한 아버지를 두고 왔다 자꾸 미끄러지는 턱받이를 하
고 음식을 토하는 어린애를 혼자 두고 왔다 반성수목원*으로 동료들과
섞이려고 반성은커녕 식물이 되어가는 아버지를 어이, 알거지병신새끼
라 부르고 싶은 하루아침에 나타난 아버지가 고이 기저귀에 똥 싸면
될 것을 엉덩이로 비비고 뭉개 온몸에 처바르면 내가 곁에서 오래 닦고
치워야 하니까 어디 도망 못 가라고 날 미치게 하려고 바꾸려고 수련
시키려고 그러는 건 아닐 텐데

  동료들이 또 웃네 내게 손가락질하네 넌 왜 만날 따로 있어? 그렇게
잘났어? 거기가 좋아? 둘이 제법 잘 어울려

  동료든 아버지든 내 가슴속에서 도려내고 싶은 구역질 나는 미신 엉
덩이 털고 일어나 나는 풀밭으로 뛰어간다 푸닥거리하듯 떡과 밥 사이
로 쓰레기 오물과 웃으며 뒤집어지는 사람들과 배불러죽겠는 사람들과
걸신과 환자 사이로 펄쩍펄쩍 넘어 다닌다 얼추 미친년처럼

---

* 반성수목원: 경남 진주시 이반성면.

히스테리아

이 인간을 물어뜯고 싶다 달리는 지하철 안에서 널 물어뜯어 죽일
수 있다면 야 어딜 만져 야야 손 저리 치워 곧 나는 찢어진다 찢어질
것 같다 발작하며 울부짖으려다 손으로 아랫배를 꽉 누른다 심호흡한
다 만지지 마 제발 기대지 말라고 신경질 나게 왜 이래 팽팽해진 가죽
을 찢고 여우든 늑대든 튀어나오려고 한다 피가 흐르는데 핏자국이 달
무리처럼 푸른 시트로 번져가는데 본능이라니 보름달 때문이라니 조
용히 해라 진리를 말하는 자여 진리를 알거든 너만 알고 있어라 더러
운 인간들의 복음 주기적인 출혈과 복통 나는 멈추지 않는데 복잡해
죽겠는데 안으로 안으로 들어오려는 인간들 나는 말이야 인사이더잖
아 아웃사이더가 아냐 넌 자면서도 중얼거리네 갑작스런 출혈인데 피
흐르는데 반복적으로 열렸다 닫혔다 하는 큰 문이 달린 세계 이동하
다 반복적으로 멈추는 바퀴 바뀌지 않는 노선 벗어나야 하는데 나가
야 하는데 대형 생리대가 필요해요 곯아떨어진 이 인간을 어떻게 하나
내 외투 안으로 손을 넣고 갈겨쓴 편지를 읽듯 잠꼬대까지 하는 이 죽
일 놈을 한 방 갈기고 싶은데 이놈의 애인을 어떻게 하나 덥석 목덜미
를 물고 뛰어내릴 수 있다면 갈기를 휘날리며 한밤의 철도 위를 내달
릴 수 있다면 달이 뜬 붉은 해안으로 그 흐르는 모래사장 시원한 우물
옆으로 가서 너를 내려놓을 수 있다면

언령(言靈)이 있어

가수는 제가 불렀던 노래처럼 살다 사라지고
말이 씨앗이 되고
내가 좋아했던 그래피티 화가도 뒷골목 벽에 휘갈겨 쓴 글자대로 요
절했다
다 그렇진 않겠지만

내 말이 엉뚱하게 노래가 되었다면
고스란히 나를 싣고 간다면

반향 없는 음악 극단적인 키스 무성영화 따위에 빠져 있었을 때
그러니까 다 자란 줄 알았을 때
말과 노래를 의심하여 부숴버리고 싶어 안달 부리는 자들과 함께
불도저 아래 사람이 깔리면 죽는지 사는지 그런 내기를 하듯

그러나, 오늘같이 고요한 날
죽은 이의 숨소리가
이토록 가능한 건지 어디에서나 아무 데서나

지금 말하지 않으면 안 될 것 같아서
서서히 죄의식의 강도도 희미해져가서

몸 밖에 사정하면 임신이 안 되는 줄 알았어
네 미래는 이미 결정 났어
제발 자라지 마
내 몸에서 떨어져
오토바이 뒤에 타고 다니며 별짓을 다할 때도
제발 내 몸 밖으로 나가 나가 나가

터져 나와 퍼져가는 퍼뜨려지는
폭풍우 실은 핏물 내 질에서 무릎을 자르고 발목을 자르고 운동화
좀 봐 길바닥 흥건하게 붉은 페인트를 쏟은 거 같아
나를 막아줘
날 여기 두지 마

내 말대로 네가 죽었다면
내 몸에서 핀셋으로 꺼내기 전 몸에서 가위로 자르기 전
중력으로 떨어진 수억 마리 붉은 새
그것의 비참함을 긁어내어 노래했어야 했나
중력이 아니었다면
누가 무슨 말을 했나

오늘 밤 나는 취해
부서진 악기를 다시 부수고 부수는
망설이고 괴로울 것도 없는

또 이렇게 오나 이 향초 냄새는 뭔가 마른 잎사귀로 뒤덮인 웅덩이
빠져
허우적거리는 이 시간에
술김에 살인을 아름답게 포장해 털어놓는 살인자처럼

내가 무슨 말을 해야 하는지
내 말이 무슨 짓을 했는지
아 난 다시 말하지 네 말을 사랑했어 그게 전부야
지금도 입을 헤벌린 채
뚝뚝뚝 말이 녹은 물
이봐 그 침은 내 입술에 넣어줘

유종인은 크고 깊은 가슴에 뜻밖에도 섬섬옥수를 장착한 시인이다. 그의 시의 애잔하고도 유장한 호흡은 "두 개 차선을 걸치며 커브를 꺾는" 리무진의 움직임을 닮았다. 이 미려한 몸이 짚어나가는 정신의 기착지들은 오래된 옛날의 어느 시공이거나 눈 내리는 산야이거나 노을과 무덤, 새 울음과 이끼들이 차려진 고요 지대이다. 우리가 더는 현실이라고 부르지 않는 그곳의 정경을 이곳에 모셔오는 것이 그의 일일 텐데, 이렇다 할 주장을 물려두고 그 세계의 사물들을 지극정성으로 매만지고 있어 흔연한 느낌을 준다. 그는 의고와 고답에 친숙하지만 그의 말과 사물이 새롭지 않거나 그저 외따로 앉은 경우는 드물다. 한 걸음 내디딜 때마다 보법을 바꾸는 듯 의외의 느낌, 사유의 생산적 혼란이 조성되고 이들은 또 세심하고 감각적인 언어 운용에 의해 조율되는 것 같다. 그의 시에서 버릴 말을 찾기 어려운 것은 그가 이미 다 버려서이다. 앞은 옛날에 닿고 뒤는 지금을 밟고 선 리무진의 긴 동체처럼 오래고 먼 것을 선호하는 그의 취향은 기실 난장이 된 오늘의 현실을 고스란히 비춰 보여준다. 제가 먼지와 티끌임을 잊고 우매와 패악을 일삼는 인간 "조무래기"들에 대한 번민과 연민, 노여움과 슬픔이, 그러니까 "사랑의 정신병"이 그의 시를 떠받치고 있다.

이영광(시인)

눈과 개

외 5편

유
종
인

유종인 1968년 인천에서 태어났다. 1996년 문예중앙 신인상을 받으며 등단했
으며, 2003년《동아일보》신춘문예 시조 부문에, 2011년《조선일보》신춘문예
미술평론 부문에 당선됐다. 시집으로『아껴 먹는 슬픔』,『교우록』,『수수밭 전
별기』,『사랑이라는 재촉들』이 있다.

— 「눈과 개」, 「육교에서」, 「이끼 2」, 「신발 베게」는『사랑이란 재촉들』(문학과지성사, 2011)
에 수록.

눈과 개

눈이 오는데
나에겐 개가 없다

함박눈이 오는데 풀어줄 개가 없는 건
세상에
눈물이 비치는 외도(外道)가 없다는 거다

풀어준 쇠사슬은 시멘트 바닥에 쩍쩍 얼어붙어도
소나무가 이리저리 허리를 뒤트는
지구 저편 언덕까지 돌다 오라

눈밭에 가면
개야, 개야, 개야, 개 아닌 게 없는 개야
오종종오종종 개 발자국 꽃밭이 한창이다

개 하나로 성스러운 개야
함박눈 허공에 앞발을 높이 쳐드는
신명(神命) 하나만은 혁명 급(級)인 개야
네 몸속의 심장사상충마저 기뻐 날뛰는 개야

최종후보작

함박눈이 오는데
개를 풀어주는 건
사랑의 들판이 어디까지인가 꼬리쳐 헤매는 것

눈 온 날 천지가 신혼(新婚)인 개야
모든 인간의 악담을 대신 받아 모신
눈이 오면 인간의 굴레가 풀리고
오직 너 하나만 살린, 오로지 개 하나뿐인 개야

이끼 2

그대가 오는 것도 한 그늘이라고 했다
그늘 속에
꽃도 열매도 늦춘 걸음은
그늘의 한 축이라 했다

늦춘 걸음은 그늘을 맛보며 오래 번지는 중이라 했다

번진다는 말이 가슴에 슬었다
번지는 다솜,
다솜은 옛말이지만 옛날이 아직도 머뭇거리며 번지고 있는

아직 사랑을 모르는 사랑의 옛말,
여직도 청맹과니의 손처럼 그늘을 더듬어
번지고 있다

한끝 걸음을 얻으면 그늘이
없는 사랑이라는 재촉들,
너무 멀리
키를 세울까 두려운 그늘의 다솜,

다솜은 옛말이지만
사랑이라는 옷을 아직 입어보지 않은
축축한 옛말이지만

야생(野生)의 십자가

도서관 정기간행물실 창가에
난초 한 분이
흔들렸는데,
열린 창문으로 들이닥친
바깥바람이 그래서였을 것이네만

춤이라고 해두면
그만둘 무렵의
마지막은
언뜻 잎잎이 얽혀 十字架를
얽어낼 때도 있다
(宗敎를 모르니 不敬도 모른다)

한 촉(燭)에서 나와
서로 얽혀볼 일 없는
서로 마주하는 자리 없는
이 작은 파란을 바람에
잎들이 얽혀 짓나니

어느 날 팔이 꺾이며 웃는 나를,
나는 웃는다
나는 아프게 꺾였으나
나를 꺾고 있는 너를 보았으니
나의 뼈에 접목하듯
너의 속뼈를 알았으니

청처짐한 난초 잎이여
그 십자가 모양 풀릴 때
바람이 없이도
춤이 한 모숨 허공에 풀리겠다

신발 베개

1
다리가 아팠다
숲길에는
버력돌이 닳고 닳은 이마를 보여주어도,
나는 한숨 고요의 단청(丹靑) 같은
낮잠을 얻기로,

걸어온, 신발 밑창을 서로 대면하듯 맞붙여 베고는
귀에 걸리는
냄새의 야사(野史)를 열 개의 발가락보다 더
많이 귓바퀴에 걸어보는 것인데

2
멀리
당신이
아주 머얼리 가신다 했을 때
그 신발들을
나는 사족(蛇足)인 양 그러모아 태웠으니

어머니 발가락 냄새
아버지 발꼬락 냄새

당신 발바닥에 어린 내 발바닥 맞춰보며 웃던 일
있었는가 몰라도

풀밭 지나 너덜 지나
신발을 베고 누우면
뒷목에 차오르는
먼저 간 신발들의
낮은 말소리

새소리를 씹다

자전거 타고
병꽃나무 울타리를 지날 때 더불어
쥐똥나무 울타리를 함께 지날 때
여울을 만난 듯
새소리들 한솥밥을 짓는데

뭔가 잊은 게 있어 그걸 떠올려보느라
새들은 수다가 이만저만이 아니지,
그 해맑음 중에 다 꺼지지 않은 슬픔도 있어서
한두 마디로 끌 수 없는 새소리는 곡(哭),
윽박질러 눌러앉혀도 고갤 드는 새소리는 창(唱),
한 음절로 여러 허공을 타넘는 것도 창(唱),
겨울이 늦겨울이 되어 두 손으로 제 얼굴을 쓸어내리는 적막도 곡(哭),
햇살에 끓어 넘칠 때 생각의 밑불을 잠시 줄였다 뜸 들이는 것은 다
시 창(唱),
이만하면 슬픔도 면(面)이 섰어 곡비(哭婢)에게 쌀자루나 돈푼깨나 쥐
어주고 등 두드려 수고했단 말 건네는 것도 아퀴 짓는 창(唱),

남은 울음이면

남은 노래를
여생(餘生) 뒷그루로 심어 먹어도 심심하지 않게

어떤 치렁한 처량한 새소리는 대문니로 선뜻 끊어 먹고
심줄이 박힌 듯 드센 새소리는 어금니로 씹어 먹는 것도 놀랄 일은
아니지
더러 내 이름을 비켜 부르는 새소리는
누군가 먼 땅속에 누워
내 사랑을 복명복창했기에
옆으로 누운 사랑니 바로 세워 지그시 깨물어도 보는 것이다
때로 혀로 받아서 굴려보는 새소리엔
새의 두개골이 얼얼하게
그대가 산중(山中)에 절절히 토해놓고 간 말씀의 피, 피, 피

바람을 세지 않듯
새소리에 창(唱)을 다시 담아둔다
새소리에 곡(哭)을 다시 묻어둔다
그러고도, 이[齒]가 시린 새소리는
다시 오려나

육교에서

나는, 방금 옆구리가 터진 모래 한 자루를 내려놓고
거기다 백일홍 씨앗과 밤톨을 심은 듯
그러나 거기 물 한 주전자도 기울이지 못한
맘의 분을 못 삭이고,
어디 마주할 옛 얼굴도 없이
숨겨놓은 옛 웃음을 비추는 거울이
허공을 건너왔으면 하고,
곰보도 곰배팔이도 넛보도 계명워리도
스무 날에 한 번은 허공 위에 헹가래를 쳐주는 이 길이었으면 하고,

봉충걸음인 그대가 허공에서 걸어 내려왔으면 하고,
새벽엔 옴두꺼비와 유혈목이가
안개 이불 아래
눈물 반 신음 반 흘레붙고
기쁜 눈두덩이 부어
웃음만을 동냥한 거지가 하늘로 오르는
둥근 침대의 길이었으면 하고

최종후보작

이근화의 시는 우리 일상생활의 사소함을 전면으로 내세우면서 동시에 우리가 미처 인식하지 못했던 이 세계를 낯설게 환기시킨다. 사소하고 사소한 이들 전면의 말들을 읽다 보면 배면의 의미를 파악하기도 전에 우리는 그다음 말들을 기다리게 되는데 늘 우리가 기대하는 말 대신에 예상을 뒤엎는 말들이 전개된다. 이것이 이근화의 시를 읽는 재미다. 시구와 시구 사이에 느닷없이 들이미는 이 낯선 표정을 그는 설명하지 않는다. 대신 이 세계는 그리 무거울 것도 심각할 것도 없다는 태도를 특이한 어조에 실어 표정으로 전할 뿐이다.

기존의 사고방식으로 대상에 고착된 의미들은 이렇게 이근화의 경쾌한 어조에 실려 그 무게감을 버리고 재배치될 것을 꿈꾼다. 그가 섬세한 감각으로 포착하는 사물들, 그것들을 아무렇지 않은 듯한 얼굴로 다시 펼쳐놓는 세계는 신선하다 재미있다.

최정례(시인)

이근화 1976년 서울에서 태어나 2004년《현대문학》으로 등단했다. 시집으로 『칸트의 동물원』, 『우리들의 진화』, 『차가운 잠』이 있다. 윤동주상 젊은작가상, 김준성문학상, 시와세계 작품상을 수상했다.

— 「차가운 잠」 외 5편의 시는 『차가운 잠』(문학과지성사, 2012)에 수록.

차가운 잠

외 5편

이근화

차가운 잠

꿈속에서 세차게 따귀를 얻어맞았다
새벽이 통째로 흔들렸고
흔들린 새벽의 공기를 되돌려놓기 위해
전화벨이 울렸다

나의 눈은 동그란 벽시계에
나의 눈은 병상의 엄마에게
긴 복도를 따라 걷지만
복도와 두 눈을 맞출 수는 없다

일주일 사이 꽃이 졌다
여기저기 팡팡 사진이 터지고
맘껏 담배 연기를 품었는데
나는 왜 빠져나가지 않나

고장 난 시계를 어떻게 할까
혈관을 따라 울리는 피의 음악을 또 어떻게 할까

오래전에 떨어진 머리카락이나 살비듬 같은 것을

최종후보작

내가 옷처럼 편안하게 입고 있는데

거울 속에는 키 큰 사람과 키 작은 사람이 있고
할머니도 아줌마도 아이도 아닌
엄마가 희미하게 손을 뻗는다

이백 년 후 차가운 잠에서 깨어나 다시 만난다면
우리는 다정한 연인이 되어
작은 테이블에 마주 앉아 케이크를 푹푹 떠먹을까

환멸과 동정의 젖꼭지를 물고 거침없이
이 세계를 생산할 수 있다면
차가운 잠에서 깨어나

한밤에 우리가

한밤에 치킨버스*를 타고 우리가 간다면
보이지 않는 산
흐르지 않는 강
다가올 여름을 위해 아껴둔 풍경들

불편한 식사를 거절하고
약속을 만들지 않고
형광등 불빛 아래 빛나는 초콜릿 바를 깨문다
끈적한 입속에 가지런한 이들이
다가올 여름을 위해 제대로 썩어간다

퇴근길에 아이들을 번쩍 들어 올리는 손을 물끄러미 바라보다가
우리의 유전자가 냇물같이 흘러서 어디에 이를지 고민하다가
발이 세 개인 수레가 남기는 긴 흔적을 따라가본다

뜨거운 심장을 갖게 해줄 신비의 명약과 어려운 주문이
아이들의 입속에서 예고 없이 흐르겠지
아이들의 턱 밑에 조그맣게 집을 짓고 산다면
다가올 여름을 위해 나의 사람과 너의 사람을 준비하고

한밤에 치킨버스를 타고 우리가 간다면
보이지 않는 산
흐르지 않는 강
다가올 여름을 위해 아껴둔 풍경들

---

* 중남미 장거리 운행 버스.

코미디

얼마나 많은 콩나물이 저녁의 식탁에 오를까
우리가 죽어가는 날까지 딱딱 이를 부딪치며
씹어야 할 것들이 자라고 매일 발걸음을 딛는다
우리가 본 것들은 순서대로 하나씩 사라지겠지

슬랩스틱에 대한 우리의 기호 때문일 거야
고춧가루를 넣어야 할지 말아야 할지 잠시 망설였던가
한 사람이 쓰러지고 두 사람이 쓰러지고
폭소와 폭소 사이에 밥알이 흩어진다

구르고 짓이겨지고 들러붙는다
손끝에 화장지에 엉긴 웃음은 다 소화되지 않는다
오늘 저녁 식탁에서 미끄러져 영원히 죽고 싶다는 듯
한 사람이 쓰러지고 두 사람이 쓰러지고

콩나물은 길고 가늘고 노랗다 자세히 들여다보면
억지로 입은 속옷이나 엉성하게 붙인 콧수염처럼 어색하고
어색해서 이제 곧 끊어지거나 떨어질 것들이 있다
꼭꼭 씹지 않아도 쉽게 넘어가는 것들이 있다

최종후보작

내일은 해가 뜬다

이른 아침
플라스틱 앞치마를 두르고
소나 돼지를 업어 나르는 사람들은
그걸 믿지 않는 눈치다
골목길에는 핏물이 조금 고이고
말라가고
비린내가 희미하게 번진다
그것은 희망일까

고깃집 고깃집 고깃집 횟집
그 가운데 하나는
내일은 해가 뜬다
커다랗고 높은 도마가 있고
그 끝에는 시커먼 칼이
우두커니 박혀 있다
희망도 머리가 있고 꼬리가 있을까

어제의 축하와
오늘의 축하는 조금 다르다

하루살이들이 죽어가는 오후도
날마다 조금씩……
오늘의 리얼 축하가 당신에게 가닿지 못하고
당신은 취해서 쓰러진다
쓰러지다가 익숙한 입술을 발견하겠지
희망 쳇 하는 입술
함께 죽어주지 하는 입술

내가 가장 좋아하는 입술
파리 모기를 쫓기 위해 불을 다 껐는데
쫓기는 건 나였다
익숙한 모퉁이에서 엎어지고 말았다
파리 모기도 희망을 아는가
파리 모기가 나를 비웃는다
내일은 해가 뜬다

내가 먹다 남긴 음식을 파리가 맛볼 것이며
모기가 무거워 날지 못할 것이다
파리와 모기와 내가

다 같이 희망일까
가볍게 희망이라 하자
나는 날개가 없다 하자

내일은 해가 뜨니까
당신을 향한 축하가 뭉툭 끊긴 곳에서
파리와 모기와 내가
다하지 못한 이야기를
발 없는 축하의 노래를

두 시에 되는 사람

여보세요
삼 초간 말이 없었네
여보세요

두 시에 되는 사람 있어요
조용히 물었네
삼 초간 말할 수 없었네

두 시에 되는 사람은 있지만
이곳은 페라리가 아니고

외로운가요
바쁜가요
급한가요
여보세요 글쎄요

치킨집이냐고 미장원이냐고 물으면
아니라고 말하겠지만
두 시에 되는 사람은 잘 모르겠네

최종후보작

무엇인가 되기 위에 두 시로 걸어 들어가는 사람이 있다면
당신의 외로움을 비즈니스를 바쁜 일상을 잠시 멈추고

함께 하늘이라도 올려다볼까요
새로운 채널을 생산하면서 이태리로 날아갈까요

미치게 그리운 하늘을
식지 않는 태양의 뺨을 후려치기로 할까요

창백한 푸른 점

시금치나물을 좋아했던 클라라
푸른 눈의 체코 여자
내가 당신을 조금 좋아했던가
그걸 숨기고 싶었던가
지구의 반대쪽에서 안녕한가

클라라라면 지구에서 사라지는 것들을 어루만질 수 있을 거 같다
내가 새벽에 쓰고 있는 엉망인 한국어 문장도
영어로 불어로 체코어로 근사하게 옮겨줄 수 있을 거 같다
클라라라면
태양계를 돌고 있는 커다란 행성과
이름 없는 위성과
뭉쳐진 우주 먼지까지
낱낱이 불러줄 거 같다

대답이 없더라도 클라라가 조금만 웃을 수 있으면 좋겠다
클라라 검은 맥주를 마시고 있니?
창백하고 푸른 점* 위에서
오늘은 너와 내가 조금 만난 거 같아

최종후보작

두 번째였고
정체를 알 수 없는 소시지와
바짝 튀겨낸 감자 붉은 토마토
부드러운 거품을 나눠 먹었어
친절한 사람들과 함께

그게 다였네
창백하고 푸른 지구는
우주에서 가장 배부른 별
그 깊은 곳에 나와 너를 숨기고 있는 거 같아
안녕 말하면 조금 깊어지고
또 볼 수 있기를……
그럴까 대답했지만
오늘도 내일도 발을 옮기는 내 그림자가
언제 어디에서 너에게 닿을지
우리의 밤은 지나고

목요일에는 요가를
금요일에는 영화를

토요일에는 아이를 돌봐야 해
일요일에는 너와 내가 무릎을 꿇고 기도를
지구인은 바쁘다
자동차에 부딪칠지
공사장에서 무거운 벽돌이 날아올지
어떤 표정으로 머뭇거릴지

그러다가도 또 명랑한 검은 그림자를 만들어내겠지
모르겠어 모르겠어
종이 위에 오늘의 날짜와 내 이름을 적었어
잉크가 번졌어
갈피를 잡지 못하는 내 마음 같았다
지난밤의 독설과 야유와 저주는
우주로 날아가 무엇이 될지
부끄럽다
내가 모르는 음악들이 흘러나오고
밤거리를 걷는데 길을 잃었어

지구의 환한 부분이었어

빨간 떡볶이를 맛나게 씹는 사람들
딱딱한 파이를 다정하게 쪼개 먹는 사람들
그리고 생수를 조금씩 나눠 마시는 사람들
오늘은 우주 안팎의 사물들이 귀를 갖는 날이야
너의 입술이 조금 얇아진 거 같아
클라라 너의 큰 손으로 작은 화분에 물을 주고
뾰족뾰족 한국인을 떠올린다면
그게 내 이름이기를

날 좀 사랑해줄래
드문드문 어두운 것도 같지만
크게 웃었다가 긴 침묵에 쌓이는 사람들과 함께
내가 먼저 아침을 맞이할게
널 위해 긴 문장을 썼다가 지웠지만
지구의 아들딸들을 위해
오늘은 시금치를 삶을게

---

* 칼 세이건, pale blue dot.

해변의 복서

외 5편

이
원

이원은 무엇보다 미지(未知)의 감각을 섬세한 언어로 받아적는 시인이다. 이원의 시는 시적 대상을 단순히 재현하거나 감정이입된 주제로 환원하는 시류에서 벗어난 언어의 편을 견지해왔다. 그녀의 시는 사물을 정면으로 응시하고 사물의 본질을 품고 있는 사물의 표면을 감각적인 언어로 포착함으로써 사물과 세계에 대한 성찰을 유도한다. 최근 그녀의 시는 사물에 대한 섬세한 묘사와 전자 문명에 대한 시적 사유에서 심화된 일상의 성찰과 실존의 감각을 예리한 언어로 벼려놓고 있다. 그녀의 시에서 언어와 언어 사이의 간극은 "해변"과 "복서"의 거리만큼 멀지만 그 언어의 간극이 발생시키는 시적 도약은 "가장 좁은 곳을 깊다고"(「해변의 복서」) 인식하는 감각의 사유에서 발생한 것이기에 아름답다. 이제 그녀의 언어는 사물의 재현이 아니라 사물이 현전하는 자리를 암시하고 일상의 실존이 침묵하면서 성찰하는 자리에 도달하고 있다. 그러나 그녀의 언어는 처음처럼 여전히 감각적이다.

송승환(시인)

이원 1992년 《세계의 문학》으로 등단했다. 시집 『그들이 지구를 지배했을 때』, 『야후!의 강물에 천 개의 달이 뜬다』, 『세상에서 가장 가벼운 오토바이』가 있다. 현대시학 작품상, 현대시 작품상을 수상했다.

해변의 복서

메아리
오래 치는 펀치

길들이 모두 사라졌다고 믿으면
그때서야
말들이 조용해졌다

당신은 떠났고 그는 죽었다

죽은 얼굴을 보았을 때 발을 붙잡았다
발은 부어올라 있고 죽은 얼굴은 납작했다
발 속에 절벽을 넣어두었구나 생각했다

절벽을 모으면 상자를 만들 수 있다
상자를 비워두면 파도를 밀어낼 수 있다

골짜기는 맨 아래가 좁다
가장 좁은 곳을 깊다고 한다

깊은 곳을 벗어나겠니

절벽에는 놓친 발들
절벽에는 꽃나무

기어오르겠니

날아오르겠니
멀어지겠니

아무도 없는 해변
해변에는 몸들이 떼어놓고 간 발자국

손은 퉁퉁 울며

복서는 어디에 있습니까

반쯤 타다 남은 자화상

나는 꽃. 떨어져나가지 않는 목.
툭툭 빠져나온 등. 얼룩말.
머리를 집어넣고. 숨구멍을 뚫는 중.

밤이 사라졌을 때. 죽은 사람이 보였다.
새들이 턱을 쪼아댔다.
눈은 거기가 아니었는데.

껍질만 남았어요. 자루 같을 줄 알았는데.
주름이 너무 많아요. 울고 있었나요.
코펜하겐의 찻잔. 우아한 한 손으로 들겠어요.
두 손도 같은 일을 할 때는 많지 않아요.
다리는 잘려나간 지 꽤 되었어요.
빗금이라 마음에 들어요.
설 수 없대요.

눈알을 건졌어요. 귀는 그냥 떠내려갔어요.
귀를 막아줬어야 했는데.
먼 곳으로 갔어요. 보이지 않아 알 수 없어요.

최종후보작

부스러기는 손가락으로 찍어 먹어요.

절벽의 표면. 절벽과 절벽 사이.
노랑. 파랑.
코와 성기 사이.
길들은 너무 많이 꺼내져 있다. 소란스럽다.
내장을 안에 넣으라는 것.

귀는 멀리 가고 있어요.
보이지 않아 알 수 있어요.
음계 솔. 파도를 계속 놓치는 중.

커브 직전. 참을 수 없는 대낮이 전부.
땅콩의 속껍질을 벗기는 중.

밤과 낮도 이제는 그만 상식을 벗어날 때.

불가능한 종이의 역사

어제는 참을 수 없어. 들킨 것은 빈 곳을 골라 파고들던 발. 신발이 시킨 일. 발자국은 정렬되고 싶었을 뿐.

어제는 참을 수 없어. 엉킨 몸으로라도 걸었는데. 줄이 늘어났어. 엉킨 몸은 줄어들지 않았는데.

몸은 오늘의 소문. 너는 거기서 태어났다. 태어났으므로 입을 벌려라.

너는 노래하는 사람. 2분 22초. 리듬이 멈추면 뒤로 사라지는 사람. 뒤에서 더 뒤로 걸어나가는 사람. 당장 터져 나오는 말이 있어요. 리듬은 어디에서 가져오나요. 메아리를 버려라.

흰 접시에는 소 혓바닥 요리. 다만 너는 오늘의 가수. 두 팔쯤은 자를 수도 있다

너는 가지를 자르는 사람. 뻗고 있는 길을 보란 듯이 잘라내는 사람. 좁은 숨통을 골라내 끊어내는 사람. 내일을 잘라 오늘을 보는 사람.

최종후보작

다만 나는 오늘의 정원사. 한때 인간이 되고자 했던 것은
태양 속에 설 수 있게 될지도 모른다는 생각 때문.
태양 아래 서게 되었을 때 내내 꼼짝할 수 없던 것은
불빛처럼 햇빛도 구부러지지 않았기 때문.

오래 아팠다고.

잘라버린 가지는 나의 두 팔이었던 것.

끝내 잃어버렸다고 생각한
끊어진 두 팔을 뚫고 이제야 나오는 손. 징그러운 새순.
허공은 햇빛에게 그토록 오래 칼을 쥐어주고 있었던 것.

어쩌자고 길부터 건너놓고 보니 가져가야 할 것들은 모두 맞은편에
있다.

발목쯤은 자를 수도 있다

그토록 믿을 수 없는 것은 명백한 것. 우세한 것. 정렬된 것.

발이 그토록 오래 묻고 있었던 것

다시 태어난다면 가수나 정원사가 될 거야
설마 인간으로 다시 태어나고 싶니 하겠지만

흙 속에 파묻혔던 것들만이 안다. 새순이 올라오는 일.
고독을 품고 토마토가 다시 거리로 나오는 일.

퍼드덕거리는 새를 펴면 종이가 된다
새 속에는 아무것도 써 있지 않다
덜 펴진 곳은 뼈의 흔적

왼쪽에서 오른쪽으로 써나가는 사람. 방금 전을 지우는 사람.
두 팔이 없는 사람. 두 발이 없는 사람.
없는 두 다리로 줄 밖으로 걸어나가고 있는 사람

첫 페이지는 비워둔다
언젠가 결핍이 필요하리라

NEW, 전지구적 파프리카

우루루 굴러 나왔죠
동시에
페루에서도 칠레에서도 아프리카에서도
아이슬란드에서도
베이징에서도 산타페에서도 제주에서도
아! 반투명의 허공에서도

동시에,

비타민 C가 가득해요!

너도 나도 양손에 집어 들고 베어 물기 시작했죠
아삭 아삭 씹히는 맛도 다른걸

동시에,

최후의 머리들이에요!

목구멍에 손가락을 넣고 꽥꽥거리며 구역질을 해댔죠

이런 이런 미칠 듯이 삼킬 때는 언제고

동시에,

복음이에요!

비닐봉지에 담고 보자
색깔은 구별해서 무엇하니 누구 하나 다치면 안 되잖니
한쪽 눈동자에 의심을 다 숨기지는 못하고

더 이상 참을 수가 없었어요
뜨거워서
터져버렸어요

동시에 우리는
힘껏

빨간 입이에요 쩍 붙여버릴 거야
노란 입이에요 쓱 베어버릴 거야

다시 한 번
대꾸할 틈도 없이

동시에,

비닐봉지를 허공을
열어보세요 검색대에 올려보세요
걷어내보세요
별 총 꽃 밀림
보도블록

눈물이 찔끔 난 것은
다이빙의 기억이 솟구쳐 올랐기 때문

동시에
우리는 뛰어내렸죠
높고 깊고 평등한 초록이 시간이라고 굳게 믿었기 때문이죠

세상에, 평평했어요

트렁크 바퀴 구르는 소리가 요란했죠

구르는 거죠
뛰어내릴 때 안과 겉이 뒤집혔을지도
새로운 색깔론으로 몰렸을지도 모르지만
통로는 언제나 지금보다 조금 아래에 있다는 것을 알아요
몸은 소리보다 늘 한발 늦게 도착하죠

우리는 동시에

날카로운 칼끝을 넣어주세요
반으로 갈라보세요

눈빛이 칼날과 똑같이 반짝일 때

시린 바람이 새어 들어오고 있었어도
우리는 동시에
명랑하게

최종후보작

텅 비어 있어요!!

텅 빈 것에 열광했다니
속도 없는 것을 씹고 있었다니

그런 말이 나오기도 전에

당장에 내팽개쳐졌어요

소리보다 몸이 먼저 도착하다니!

우루루,
그러나 우리는
여전히 색깔론자들

공격하겠습니까
공손하겠습니다

일요일의 고독 5

나무가 마음 밖에서 조금 휘어졌다

고요라는 말을 다시 펼쳐놓는 오후

유골함이 도착했다

두개골 속 작은 뜰

벌어진 꽃잎

시간은 아직 어리고 잇몸은 비릿하다

겉은 붉고 안은 상하는 중

목까지 기억이 차올랐다

얼굴이 잠깐 나타났다 사라졌다

뿌리 뽑힌 흙 속처럼 아프다

최종후보작

허공으로 긴 계단이 놓이고 있다

바람이 나무로 불어왔다

유골함을 들고 똑바로 선다

흰 옷을 물들이며 피가 운다

사방이 믿을 수 없이 가벼워졌다

그리고 바다 끝에서부터 물이 들어온다

팔월과 시월 사이 사과가 익는다 접시 위에 칼을 놓는다
창에 얼굴이 반만 나타난다

바다와 나란히 비행기가 지나간다
허공은 목구멍을 사과 속에 벗어두고 나온다
유방들의 둘레가 헐렁해진다 팔월과 시월 사이 사과가 익어가면서

빛을 빠져나온 것들은 모두 칼질이 되어 있다
칼은 너무 오래 찌르고 있다 아는 얼굴이라고 했다

비탈에는 붉어지는 사과가 주렁주렁하다
덜 익은 사과가 기억으로부터 뚝 떨어진다
허공에는 벌어진 입

아래를 열면 그곳에 산 채로 아이들이 들어 있다
아이들은 허공에서 나오지 않는다 바람이 아이들을 보기 좋게
결대로 자르는 것은 아이들이 소리를 지르는 그때

사과가 또 하나 툭 떨어진다

함기석은 나르시시즘과 감상성이 만연한 한 국의 현대시에서 매우 드문 기하학적 엄밀성으로 시를 써온 시인이라는 점에서 그의 시는 귀한 것이다. 그는 첫 시집 『국어선생은 달팽이』, 두 번째 시집 『착란의 돌』, 세 번째 시집 『뽈랑공원』, 네 번째 시집 『오렌지 기하학』에 이르기까지 언어와 사물과의 관 계를 주목하고 사물에 대한 새로운 명명, 기표와 기 의 사이에 놓인 간극을 뛰어넘기 위한 실존의 모험, 허무에 빠지지 않는 유쾌한 기표 놀이, 무한(無限)과 무(無)를 사유하는 수학적 상상력 등을 줄기차게 실 험함으로써 언어에 대한 전복적 사유를 펼쳐온 바 있다. 함기석의 시는 언어의 우연한 효과와 감상적 표현의 열정에 의지하는 시에 대한 성찰을 불러일으 킨다. 그는 감성의 절제와 지성의 엄밀한 고려에 의 해 발생하는 언어의 효과가 곧 '시'라는 것임을 자각 하도록 한다.

송승환(시인)

함기석 1966년 충북 청주에서 태어나 한양대학교 수 학과를 졸업했다. 1992년 《작가세계》로 등단했으며, 시집 『국어선생은 달팽이』, 『착란의 돌』, 『뽈랑 공 원』, 『오렌지 기하학』, 동시집 『숫자벌레』 등이 있다.

포
로
기

외

5편

함
기
석

포로기

〈검〉은 벽돌이다 ●(金) 딱딱하고 거칠거칠한 〈검〉은 잠이다 ●(土)
이승은 창자를 갖고 층층이 자라는 벽이다 죽음이 외팔이 무사의 모습
으로 뒤돌아서 있다 척추는 좌측으로 굽어 있고 눈엔 녹물이 흐른다
글자벌레들이 살을 파먹는 등엔 일곱의 흉터구멍이 뚫려 있다 ●(月)
밤마다 구멍에선 예측할 수 없는 것들이 나온다 어젠 노파의 손이 나
왔고 낙태된 아기가 나왔다 등나무 뿌리도 나오고 달도 나오고 참수
된 자들의 울음이 나팔꽃 형상으로 피었다 진다 ●(水) 〈검〉은 그림자
다 육면체다 우물이다 벽 뒤에서 포로들이 식은땀을 흘리며 악몽을 꾸
는 소리 들리고 혀가 나온다 내 목을 휘감는 혀 거꾸로 뒤집혀 꿈틀거
리는 붉은 밧줄 ●(木) 벽에 박힌 못들이 벌거벗은 낭객의 얼굴로 울고
있다 복부 밑 항문으로 녹물이 흐르고 〈검〉은 날이 온다 스스로 피를
뱉는 새가 허공을 날자 금가는 시간들 ●(日) 벽의 균열이 척추를 타고
전신으로 퍼지고 있다 이승은 검은 살, 늑골과 핏줄이 자라는 이 시다
●(火) 딱딱하고 차가운 〈검〉은 불이다 웃음이다 천공의 일곱 북두(北
斗)다 〈검〉은 눈이 온다

최종후보작

낱말전쟁

　우린 광음을 간직한 악보고 바람이다 새벽이 안개로 짠 무쇠갑옷을
입고 있다 궁상각치우 5인의 무사들이 진흙 강을 도하해 귀곡성 성벽
을 오른다 새들은 돌이 되어 날아가고

　빛들이 참수되고 있다 아침은 태음을 낙태한 육체고 반역의 음계이
다 음표 병사들이 적들의 깃발 아래 불타고 있다 공중으로 불붙은 사
다리가 깔리고 날아드는 화살들 창들 비명들

　합창이 시작되자 도륙이 시작된다 독공이 키운 어휘 새가 붕새의 날
개를 편다 만 권의 경전을 안고 일제히 강물로 뛰어드는 궁녀들, 풍경
은 소음을 소거하는 더 큰 소음의 악기들

　불길이 번져온다 도도한 물결을 이끌고 말발굽소리가 들을 건너 꿈
속까지 밀려든다 대지는 가시투성이 눈을 뜨고 아침이 백말을 타고 입
성한다 바닥엔 목이 베어진 낱말병사들

　우린 휩쓸려간다 백지는 우리의 목을 조르는 손이고 비명의 육체이
다 가왕은 나를 참수할 검을 뽑는다 나는 굴하지 않는다 색채를 지우
는 눈보라 악보가 하늘에 펼쳐질지니

국립낱말과학수사원

부검될 변사체 〈없다〉가 보관된 곳은 1연이다
1연은 지하 4층에 있다
빛과 음이 차단된 탈의실에서 부검의 y는 흰 가운으로 갈아입고
황급히 2연으로 이동 중이다
2연은 1연에서 엘리베이터로 1분 거리

엘리베이터가 멈추고 문이 열리자
2연이다 9층 복도를 따라 환자복을 입은 낱말들이
휠체어를 타고 지나다닌다 간호사 둘이
두개골이 함몰된 또 다른 변사체 〈있다〉를 실은 침대를 밀며
복도 끝의 5연으로 뛰어간다

y는 장갑과 마스크를 착용하고 3연을 걷는다
사각문을 열고 들어가니 잔디가 깔린 튤립 정원이 나온다
공중으로 알파벳 새들이 날고
목련나무 밑의 벤치에서 외국 검시관들이 담배를 피우고 있다
사체의 인적사항, 사건명, 사건번호, 사건개요와 일시 등
의뢰서에 적힌 세부사항들을 확인하는 사이

최종후보작

법의학과 회전문이 반시계방향으로 돌기 시작한다
도대체 오늘의 부검대상은 누구야? y는 투덜거리며 침을 뱉고
범죄분석실 좌측의 대리석으로 지은 4연으로 들어간다
바닥에 어제 부검한 〈보다〉의 핏덩이 혈흔이 엉켜 있고
〈쓰다〉의 손가락 하나가 떨어져 있다

y는 손가락을 집어 비닐에 넣고 5연으로 이동한다
금속침대에 〈있다〉와 〈없다〉가 부부처럼 나란히 누워 있다
y는 매스로 〈있다〉의 복부를 가른다 물컹거리는 창자를 만지는데
커튼 뒤에서 검은 옷을 입은 자들이 가위를 들고 나온다
y의 옷을 갈가리 찢고 질식시켜 6연으로 끌고 간다

짙은 안개로 뒤덮여 있는 과학수사원 뒤편의 숲이다
y는 계곡에 버려진 채 누구도 발음할 수 없는 낱말이 되어간다
살을 파먹는 모음벌레 o와 u가 들러붙어 즙을 빤다 며칠 후
한 등산객에 의해 사체는 우연히 발견된다
오늘 부검될 변사체 〈you〉가 보관된 곳은 1연이다

할머니의 안부

　오늘 밤 흙에서 짐승의 비린 간 냄새가 난다 할머니와 내가 머물고
있는 이 집은 어두워 우린 태반에 싸인 채 버려진 핏덩어리들 같아 바
람은 늙은 말처럼 울고

　디디, 너무 추워 찬 바닥에 살을 대고 밤마다 널 생각해 네 따듯한
등이 그리워 아침엔 내 눈에 코스모스가 뿌리를 내렸어 꽃을 피우면
봉오리에서 내 팔이 나올 거야

　이상해 어둠 속에서 돌들은 새의 음률로 울어 흙에선 계속 짐승의
비린 내장 냄새가 진동하고 풀들은 밤새 어두운 혀를 내밀어 허공이
제 몸에 뜬 문신들을 핥아주어

　디디, 할머니는 잘 계셔 이제 거의 다 썩었어 곧 내 귀에서도 억새풀
이 돋아날 거야 내 입도 코도 눈도 거의 문드러졌어 며칠 전부턴 가시
나무 뿌리가 내 폐를 뚫고 자라고 있어

　정오엔 우리가 암매장된 무심천에 햇살이 공작처럼 꼬리를 활짝 펴
난 하루 중 그때가 제일 좋아 햇살이 깔깔깔 우리 주변을 빙빙 돌며 무
당춤을 추거든

디디, 할머니와 내가 있는 이 집은 쌀자루야 네 토막이 났는데도 할
머니는 웃기만 하셔 끈적끈적 살이 흐르고 벌레들이 꿈틀꿈틀 눈을 파
고드는데도 함박꽃처럼 웃기만 하셔

꽃은 피가 낭자한 식물의 광대뼈야 火印이야 유서야 죽고 나서야 난
알았어 하지만 넌 이 땅속의 메아리조차 듣지 못하겠지 디디, 미안해
이번 생일엔 갈 수가 없어

낯선 실내악

누가 대패로 바다를 깎고 있다 하얗게 깎여 나오는 파도들, 물빛 나이 테의 결과 결 사이로 어린 돌고래 떼 헤엄치고 광활한 실내다 공중으로 섬들이 하나둘 해파리처럼 떠오르고

피아노에 앉아 있다 향나무 여자, 대패가 지나간 등엔 검은 등고선들, 새들이 잔에 비친다 빛이 연속적으로 튕겨 오르는 유리의 살갗, 소리가 진동할 때마다 파르르 물결이 운다

벼랑에서 네 속눈썹 같은 눈발이 흩날린다 어둠 속에서 건반들은 조용한 피를 흘리고 여자는 표정 없이 왼손으로 연주한다 분리된 오른손은 게처럼 홀로 해안 철책을 걷고

흑설탕처럼 바다로 쏟아지는 검은 눈, 잔이 담배연기를 타고 입술로 옮겨진다 음률에 맞춰 혈관을 타고 마지막 악장을 향해 퍼져가는 독, 수평선엔 출렁이는 흰 돛배들

밀물이 물뱀인 양 여자의 다리를 휘감는다 허리를 휘감아 오른다 손가락들은 파들거리는 은빛 지느러미의 물고기, 누가 도끼로 건반을 찍는다 튕겨 오르는 흰 이빨들

최종후보작

공중의 섬들이 해저로 가라앉는다 건포도 빛깔의 울음을 내며 날아
가는 새들, 여자가 쓰러진 모래 무덤에서 스멀스멀 글자벌레들이 기어 나
온다 벼랑 위엔 나부끼는 깃발 혀

장지(葬地)에서

너의 마지막 숨이 분홍 꽃잎처럼 떠다니다
날을 세워 가슴을 깎는다
검은 포도송이처럼 나의 육체에도 다닥다닥 붙어 있는 죽음
한 알 따 입에 넣고 혀로 굴려본다

빨간 잇몸을 드러내고 백발노인처럼 웃는 해
허공은 무한다면체 눈을 가진 암흑 생물체고 기이한 묘지
빛과 어둠 사이에서, 말의 여백과 공포 사이에서
나의 육체는 파동이 되어가고

검은 새 난다
계속 나뭇가지를 물어다 자신의 유골항아리 둥지로 옮기는 새들
새의 부리엔 애벌레처럼 꼬물거리는 햇빛
누가 공중에 옮겨놓은 뇌일까 저 구름은
지상의 척추에서 하늘로 무수히 뻗어가는 경동맥 핏줄들

웃으면 입에서 돌계단이 쏟아지던 너의 유머처럼 이제
아침은 입술이 없고
우리의 생은 지름이 0보다 작은 원

그 불가해한 도형의 넓이를 측정하려는 내 찬 손과 컴퍼스
그들의 탄식과 울음을 배경으로

아름다운 빛의 환각 속에서 소리 없이 종양이 퍼져가는 하늘
그 먹빛 하늘이 화선지 같은 대지로 천천히 스미고 있다
떠도는 꽃 떠도는 말 떠도는 너의 눈동자
허공이 숨긴 검은 뼈 사이로 눈물이 번진다

이 가을의 무늬

외 5편

허수경

허수경 1987년 《실천문학》에 「땡볕」 외 시편을 발표하면서 등단했
다. 시집으로 『슬픔만한 거름이 어디 있으랴』, 『혼자 가는 먼 집』,
『내 영혼은 오래되었으나』, 『청동의 시간 감자의 시간』, 『빌어먹을,
차가운 심장』이 있다. 1992년 10월, 독일로 공부를 하기 위해서 떠
나서 아직 그곳에 머물고 있다.

허수경 시인은 우울의 생리를 적시(摘示)한다. 멜랑콜리는 슬픔의 단단한 결정체가 아니다. 멜랑콜리는 비애의 응혈도 아니다. 애도의 속울음이 가슴속에 차곡차곡 저축되었다가, 어느 순간 몸 밖으로 그 무늬를 흘러 내보내기 시작할 때, 우울은 생생해진다. 그렇다. 멜랑콜리는 실체가 아니라 파문으로서만 일렁인다. "만지면 만질수록 부풀어 오르는 검푸른 짐승의 울음 같았던 여름의 무늬들이 풀어져서 저 술병 안으로 들어갔다"가 "속으로 울음을 오그린 자줏빛"(「이 가을의 무늬」) 가을의 무늬들로 자욱이 분무(噴霧)될 때, 요컨대 슬픔이 안으로 숙성되었다가 밖으로 기화될 때, 우울은 생의 근기(根氣)로 궐기할 수 있는 것이다. 허수경의 시는 우울을 환멸하지 않는다. 우울을 실존의 조건으로 공손히 받아들인다. 그럴 때, 우울은 우리에게 이렇게 말을 건다. "내 손을 잡아줄래요?/피하지 말고 피하지 말고/내가 왜 당신을 사랑할 수밖에 없는지/그 막연함도 들어볼래요?"(「내 손을 잡아줄래요?」) 그러면 우리는 우울에게 이렇게 답한다. "그러니 오늘은 조금 우울해도 좋아"(「이국의 호텔」). 이처럼 시인은 멜랑콜리의 내공을 곡진히 연마한다.

류신(문학평론가)

이 가을의 무늬

아마도 그 병 안에 우는 사람이 들어 있었는지 우는 얼굴을 안아주
던 손이 붉은 저녁을 따른다 지난여름을 촘촘히 짜내렸던 빛은 이제
여름의 무늬를 풀어 내리기 시작했다

올해 가을의 무늬가 정해질 때까지 빛은 오래 고민스러웠다 그때면,

내가 너를 생각하는 순간 나는 너를 조금씩 잃어버렸다 이해한다고
말하는 순간 너를 절망스런 눈빛의 그림자에 사로잡히게 했다 내 잘못
이라고 말하는 순간 세계는 뒤돌아섰다

만지면 만질수록 부풀어 오르는 검푸른 짐승의 울음 같았던 여름의
무늬들이 풀어져서 저 술병 안으로 들어갔다 그리고 새로운 무늬의 시
간이 올 때면,

너는 아주 돌아올 듯 망설이며 우는 자의 등을 방문한다 낡은 외투
를 그의 등에 슬쩍 올려준다 그는 네가 다녀간 걸 눈치챘을까? 그랬을
거야, 그랬을 거야 저렇게 툭툭, 털고 다시 가네

오무려진 손금처럼 어스름한 가냘픈 길, 그 길이 부셔서 마침내 사

월 때까지 보고 있어야겠다 이제 취한 물은 내 손금 안에서 속으로 울음을 오그린 자줏빛으로 흐르겠다 그것이 이 가을의 무늬겠다

아사(餓死)

마지막 남은 것은 생후 4개월의 소였다
씨앗을 뿌리지 못한 밭은 미래의 지평선처럼 멀었고
지평선 뒤에 새로 시작되는 세계처럼 거짓이었다
아이는 겨우 소를 몰았다
소는 자꾸만 주저앉았다
아이의 얼굴이 태양 아래에서 검은 비닐처럼 구겨졌다
소의 다리가 태양 아래에서 삼각형으로 꼬꾸라졌다
인간의 눈은 태양신전에게 점령당한 전쟁터 임시병원이었고
짐승의 눈은 지옥신전에 갇힌 포로였다
아이는 두 팔로 소를 밀었다
소는 앞으로 나아가지 않았다
아이는 윗몸을 다 기대며 소를 밀었다
소는 그 자리에서 주저앉았다
아이도 주저앉아 소를 밀었다
소는 빛 속에 주저앉아 눈을 감았다
아이는 소를 제 품에 안았다
둘은 진흙으로 만든 좌상이 되어간다
빛의 섬이 되어간다
파리 떼가 몰려온다

파리의 날개들이 빛의 섬 위에서
은철빛 폭풍으로 좌상을 파먹는다
하얗게 남은 인간과 짐승의 뼈가 널린 황무지
자연을 잡아먹는 것은 자연뿐이다

연필 한 자루

그렸다
꿈꾸던 돌의 얼굴을 그렸다
하수구에 머리를 박고 거꾸로 서 있던 백양목
부서진 벽 앞에 서서 누군가를 기다리던 어깨
붉게 울면서 태양과 결별하던 자두를 그렸다
칼에 목을 내밀며 검은 중심을 숲으로부터 나오게 하고 싶었다
짧아진다는 거, 목숨의 한순간을 내미는 거
정치도 박애도 아니고 깨달음도 아니고
다만 당신을 향해 나를 건다는 거
멸종해가던 거대 짐승의 목
먹다 남은 생선 머리뼈 꼬리 마침내 차가운 눈
열대림이 눈을 감으며 아무도 모르는 부족의 노래를 듣는 거
태양이 들판에 정주하던 안개를 밀어내던 거
천천히 몸을 낮추며 쓰러지는 너를 바라보던 오래된 노래
눈물 머금은 플라스틱 봉지도 그 봉지의 아들들이
화염병의 신음으로 만든 반지를 끼는 거
어둠에 매장당하는 나무를 보는 거
사랑을 배반하던 순간, 섬득섬득 위장으로 들어가던 찬물
늦여름의 만남, 그 상처의 얼굴을 닮아가면서 익는 오렌지를

그랬다

마침내 필통도 그를 매장할 때쯤

이 세계 전체가 관이 되는 연필이었다, 우리는

점점 짧아지면서 떠나온 어머니를 생각했으나

영영 생각나지 않았다

우리는 단독자, 연필 한 자루였다

헤어질 사람들이 히말라야에서 발원한 물속에서

영원한 목욕을 하는 것을 지켜보며

그것이 음악이라고 생각하는 한 자루였다

당신이여, 그것뿐이었다

이국의 호텔

휘파람, 이 명랑한 악기는 상처를 치료하기 위해 우리 속에 날아온 철새들이 발명했다 이 발명품에는 그닥 복잡한 사용법이 없다 다만 꼭 다문 입술로 꽃을 피우는 무화과나 당신 생의 어떤 시간 앞에서 울었던 누군가를 생각하면 된다

호텔 건너편 발코니에는 빨래가 노을을 흠뻑 머금고 붉은 종잇장처럼 흔들리고 르누아르를 흉내 낸 그림 속에는 소녀가 발레복을 입고 백합처럼 죽어가는데

호텔 앞에는 병이 들고도 꽃을 피우는 장미가 서 있으니 오늘은 조금 우울해도 좋아
장미의 몸에 든 병의 향기가 저녁의 공기를 앓게 하니 오늘은 조금 우울해도 좋아

자연을 과거시제로 노래하고 당신을 미래시제로 잠재우며 이곳까지 왔네 이국의 호텔에 방을 정하고 밤새 꾼 꿈속에서 잃어버린 얼굴을 낯선 침대에 눕힌다 그리고 얼굴 안에 켜지는 가로등을 다시 꺼내보는 저녁 무렵

슬픔이라는 조금은 슬픈 단어는 호텔 방 서랍 안에 든 성경 밑에 숨
겨둔다

　저녁의 가장 두터운 속살을 주문하는 아코디언 소리가 들리는 골목
토마토를 싣고 가는 자전거는 넘어지고 붉은 노을의 살점이 뚝뚝 거리
에서 이개지는데 그 살점으로 만든 칵테일, 딱 한 잔 비우면서 휘파람
이라는 명랑한 악기를 사랑하면 이국의 거리는 작은 술잔처럼 둥글어
지면서 아프다

　그러니 오늘은 조금 우울해도 좋아 그러니 오늘은 조금 우울해도 좋
아, 라는 말을 계속해도 좋아

운수 좋은 여름

테러리스트가 내일 지난 길을 오늘 걸어서 납치당하지는 않았다 지진
이 난 도시의 여관에 한 달 후에 자지 않아서 내가 잠잔 여관이 폭삭 내
려앉는 것을 텔레비전으로 볼 수도 있었다

하염없이 걷다가 아, 이대로 이 금빛 들판, 떠나도 괜찮겠다 했다 어디
다시 도착해도 좋겠다 했다 천지간, 그 사이에서 실종되어도 그만 그러려
니 했다 그래서 내 여름의 신발은 닳았다

시간의 가슴에서 또 하나의 시간이 나와 태양을 가두었다 세상은 컴
컴해졌다 비가 왔다 그 비를 맞으며 바위들은 어둑어둑 가슴의 바깥으
로 걸어 나갔다

바위에다 자신의 영혼을 나누어주었던 독수리는 무슨 말을 하고 싶었
을까 흙은, 이제 막 우리가 깨워냈던 흙은 가슴에 묻어둔 토기를 보여주
며 침묵했다

토기는 발을 잃은 채 하늘의 서재에 꽂혀 있고 별들은 하늘의 서재에
가득 찬 책장을 넘겼다 밤의 벌들은 꿀을 모으는 것이 아니라 꽃의 잠을
모았다 그 잠 속에서 나는 이렇게도 하릴없이 중얼거렸다,

당신 참 나쁘다 당신 참 예쁘다 운수 좋은 여름이라서 당신과 아주 조금만 헤어졌다 떨리던 여름은 고요한 몸이 되어 멀리 있는 당신을 안았다

내 손을 잡아줄래요?

어느 날 보았습니다
먼 나라의 실험실에서 생의학자가 내가 가진 인간에 대한 기억을 쥐
가 가진 쥐의 기억 안에 집어넣는 것을

나와 쥐는 이제 기억의 공동체입니다 하긴 쥐와 나는 같은 별에서 오
랫동안 함께 살았습니다
사랑을 할 때 어떤 손금으로 상대방을 안는지 우리는 아주 오랫동
안 생각했지요 쥐의 당신과 나의 당신은 어쩌면 같은 물음을 우리에게
할지도 모르겠습니다.

내 손을 잡아줄래요?
피하지 말고 피하지 말고
그냥 아무 말 없이 잡아주시면 됩니다.

쥐의 당신이 언젠가 떠났다가 불쑥 돌아와서는 먼 대륙에서 거대한
목재처럼 번식하는 고사리에 대해서 말을 할 때
나의 당신은 시간이 사라져버린 그리고 재즈의 흐느낌만 남은 박물
관에 대해서 말할지도 모릅니다

최종후보작

쥐의 당신이 이제 아무도 부르지 않는 유행가를 부르며 가을 강가를
서성일 때
　나의 당신은 이 계절, 어떤 독약을 먹으며 시간을 완성할지 곰곰이
생각합니다

　푸른 별에는 당신의 눈동자를 가진 쥐가 산다고 나는 말했지요, 당
신, 나와 쥐의 공동체를, 신화는 실험실에서 완성되는 이 불우한 사정
을 말할 때

　내 손을 잡아줄래요?
　피하지 말고 피하지 말고
　내가 왜 당신을 사랑할 수밖에 없는지
　그 막연함도 들어볼래요?

　이건 불행이라고, 중얼거리면
　모든 음악이 전쟁의 손으로 우리를 안아주는 그런 슬픈 이야기가 아
닙니다
　이건 사랑이라고, 중얼거리면
　모든 음악이 검은 빛으로 변하는 그런 처참한 이야기도 아닙니다

다만 손을 잡아달라는 간절한 몸의 부탁일 뿐입니다
내가 하지 않으면 내 기억을 가진 쥐가 당신에게 말할지도 모릅니다
내 손을 잡아줄래요?

최종후보작

황병승의 시는 여전하다.
그의 시는 전위에 서 있다. 대상
으로 깊숙이 스며들어 동화되는 서정의 직접성을 애써 배격하고,
모든 것을 메타포로 전이시키고 알레고리를 통해 에둘러 이야기
한다. 그래서 그의 시세계는 늘 생경하다. 서정을 포기한 자리에
극적 대화가 수시로 개입하고 소설의 서사가 당당히 포진한다. 시
인지 우화인지 콩트인지 분간할 수 없는 진풍경이 연출되고 있는
것이다. 그러나 황병승의 시는 여전하지 않다. 장르의 경계를 가뭇
없이 허무는 해체와 재구(再構)의 공방으로, 시인이 그토록 외면
하던 서정이 살포시 잠입하고 있기 때문이다. 서정의 뮤즈는 아무
리 문전박대를 당한다 해도, 언젠가는, 어떠한 형태로든, 귀환하기
마련인가. 실수투성이의 첫사랑의 생리를 노래한 「커튼 뒤에서」와
같은 작품에서 서정의 역습을 규지할 수 있다. 첫사랑이 방출한
감정의 요동과 기복을 심정의 냉온(冷溫)으로 치환한 대목을 보라.
서정적 감수성이 임리(淋漓)해 있지 않은가. "뜨거운 돌을 집어삼
키는 심정으로/차가운 돌을 집어삼키는 심정으로". 그렇다. 그의
시는 지금 여일(如一)과 변화의 '모호' 사이에 있다. 시인은 이 사
이의 '애매'를 사랑한다. "나의 이름은 쌍떡잎의 쌍둥이/나의 사랑
은 쌍떡잎의 '애매'이다"(「앙각 쇼트」). 목하 황병승의 시는 첨단과
서정이 한 이불을 덮고 자는 불륜의 침대이다. 그래서 이전보다
더 전위적이다.

류신(문학평론가)

황병승 1970년 서울에서 태어나, 2003년 《파라21》에 「주치의 h」 외
5편의 시를 발표하며 문단에 나왔다. 시집으로 『여장남자 시코쿠』,
『트랙과 들판의 별』이 있다. 박인환문학상을 수상했다.

앙각 쇼트

외 5편

황병승

앙각 쇼트

나의 이름은 쌍떡잎의 쌍둥이
나의 사랑은 쌍떡잎의 '애매'이다
두 개의 가느다란 혀로
두 개의 태양 아래서
나는 나의 애매를 혐오함으로써
말하고 부인하기를 반복한다
빛과 어둠, 천국과 지옥을 오가며
나의 말을 부인하는 쌍둥이는
오늘 밤 나의 배 밑에 깔려 있다.

애정을—그리고 동시에—또 그 가운데

    방갈로에서 식사를 마친 뒤 트레이를 문밖에 내다 놓으면, 새끼 고양이가 와서 까끌까끌한 혀로 몇 번 맛을 본 뒤에 남은 음식을 깨끗이 먹어치우곤 했다 어떤 날은 창틀에 턱을 괴고 앉아 새끼 고양이가 나타나기만을 기다렸고 또 어떤 날은 그 지저분하고 뻔뻔한 녀석이 더 이상 방갈로 근처에 얼씬도 하지 않았으면, 하는 마음으로 아예 내다 보지도 않았다 그러나 새끼 고양이는 매일 아침 음식을 먹기 위해 방갈로의 계단을 뛰어 올라왔고 남김 없이 접시를 비운 뒤에 사라지고는 했다

    모든 사람들이 이런 식으로 떠돌이 새끼 고양이에게 음식을 주지는 않겠지만, 당신이나 나나 어미 없는 새끼 고양이에 불과한 시절이 있었고, 우연한 기회에 낯선 이들로부터 혹은 먼 친척으로부터 애정과 미움을 한 몸에 받은 적이 있다면…… 나는 지금 방갈로에 누워 그런 시간들을 떠올리고 있다 행복하다 행복해 행복한 새끼 고양이처럼 울며 그 〈인정 많은 자들〉의 품속에 몸뚱이를 완전히 내맡긴 작은 짐승처럼, 그들의 속내는 그들의 속내일 뿐, 기분 좋은 잠에서 깨어날 때마다 겨드랑이를 부드럽게 핥는 이기적인 핏덩이처럼

＊

"우리는 지금 함께 있지만, 우리의 영혼은 이곳에 없어요"
"왜, 우리의 영혼이 있는 곳으로 가고 싶니?"
"아니요 우린 오늘 밤 영혼과 떨어져 있을 거예요"
"쓸쓸하지 않겠어?"
"곧 만나게 될 텐데요 뭐"

여자애가 말했다

"봐요 아저씨…… 오리배라는 게 있어요 페달을 밟아 강물 위를 떠
다니며 시간을 보낼 수 있고 아저씨가 원한다면 얼마든지 다른 용도로
도 사용할 수 있겠지요 추운 날에는 토막을 내서 땔감으로 쓸 수도
있고 천막을 씌워 그 안에서 짧은 잠을 청할 수도 있으며 또 그곳에서
조용조용 대화라는 것도 나눌 수 있겠지요 여차하면 다툴 수도 있겠
고 주먹으로 얼굴을 갈기거나 서로의 가슴을 회칼 같은 걸로 찌를 수
도 있고 강 저편으로 시체를 띄워 보낼 수도 있겠지요 아저씨가 상상
하는 대로 선착장에 묶인 한겨울의 오리배는 아저씨에게 만족을 줄 거
에요"

여자애가 귀에 대고 말했다, 티셔츠 속에 차가운 손을 집어넣으며

"아저씨, 남자라는 동물이 있어요 페달을 밟아 강물 위를 천천히 떠다니며 시간을 보낼 수도 있고 언제든 내가 원한다면 얼마든지 다른 용도로도 사용할 수 있겠지요

하지만 아껴주자!, 이게 저의 생각이에요"

여자애가 까르르르 웃었다

'왜, 아름답고 가난한 여자애들이 있는 걸까'

*

야아옹 야아아옹……

부식철판(腐蝕凸版)

"나는 프랑스에서 왔습니다
프랑스 안에서 왔어요
닭장에 거미들이 진을 치고 있는 것처럼
프랑스의 말과 풍습을 모르는 것은 상관없겠지요
프랑스의 춤과 노래가 무슨 상관입니까
무덤가의 나귀가 놋쇠방울을 짤랑거리듯
나는 프랑스 사람으로부터 왔습니다"

파라솔 아래 앉아 차가운 홍차를 마시며 카드 게임을 하던 노인들
해변을 따라 길게 늘어선 낡은 보트들과
흙먼지를 날리며 술통을 가득 싣고 달리던 작은 트럭들 경적 소리
호스를 들고 방갈로의 묵은 때를 벗겨내던 소녀들
노란 물감통을 흔들며 담장 아래 서 있던 검게 탄 얼굴의 소년
들……

당신은 언제나 당신 자신에 대해 아는 척했다
당신의 믿음이 당신을 배신할 수 있고
그것을 알고 있었지만, 당신은 그것을 뛰어넘으려고 했다

쏟아지는 팔월의 태양 아래

당신의 모습을 바라보는 당신의 그림자
당신의 젖을 빠는 유령처럼, 젖 속에 파묻힌 젖꼭지처럼
누군가, 당신이 당신을 무능한 사람으로 보이게 했다

왜일까,

지붕 위에서 큰 소리로 웃으며 나무판자를 덧대던 남자들
이마의 땀을 훔치며 식사를 준비하던 불 앞의 여자들과
다정한 목소리로 인사를 건네던 낯익은 얼굴들
오늘은 정말로 굉장했어 땀을 얼마나 흘린 건지 다들 파김치가 되었
군 그래!
즐겁게 소리치며 바다로 뛰어드는 남자들
구경하던 소녀들과 미소 짓던 금발의 여자들

그 옛날의 당신은
난생처음 보는 해변을 지나고 있었고
커다란 물고기가 모래사장에 올라와

펄떡이는 것을 보았지
프랑스에서였다
당신은 모래밭으로 달려가
죽어가는 물고기를 바다에 던져 넣었고
당신은 꿈에서 깨어났지
한국에서였다

최종후보작 |

커튼 뒤에서

첫사랑, 그것은 히스테릭한 도형인데

첫사랑, 그것은 회전이 필요한 버젓함인데

그것은, 그것을 아무도 연주하지 못했다

너무 많은 자들이 상처 입었고
너무 많은 자들이 떠나갔으며
너무 많은 자들이 불편한 찬 바닥에서 잤다

첫사랑, 예의범절이라고는 없는 사람들처럼

서로를 너무 빨리 이해하고
서로를 너무 빨리 용서하고
너무 빨리 하모니를 꿈꾸며

뜨거운 돌을 손에 쥔 기분으로
차가운 돌을 손에 쥔 기분으로

우리를 위한 모든 것들을 우리가 망쳤고
우리를 필요로 하는 모든 것들을 우리가 망쳤다

뜨거운 돌을 집어삼키는 심정으로
차가운 돌을 집어삼키는 심정으로

첫사랑, 석탄을 베고 검은 잠에 빠져들 때까지

최종후보작

황소달리기 축제

칼에 찔린 황소는 울음 대신 콧김을 뿜었습니다 등과 목에는 휘청거리는 작살을 매달고 두 무릎을 꺾은 채 군중들의 함성 속에서 숨을 골랐지요 부릅뜬 눈으로, 눈알을 이리저리 굴리며 광장에 모인 사람들을 천천히 바라보았습니다

"이봐 왜들 그래, 대체 뭐가 문제야, 내가 도울게, 나를 화나게 한 것에 대해서는 잊어버리자고, 나는 참을 수 있어, 다 괜찮다니까, 이 상황이 더 나빠지기 전에 말해봐, 내게 왜 그랬는지, 왜 내 등에 칼을 꽂아야 했는지, 나와 맞서는 게 너희들의 용기를 어떻게 증명할 수 있는지, 내가 칼에 찔려 쓰러지면 어째서 너희들이 열광할 수밖에 없는지, 나는 지금 화가 가라앉았어, 나는 조금 침울한 상태고, 너희들을 더 이상 들이받을 수도, 짓밟을 수도 없어, 다만 나는 이 광장에 모인 너희들에게 묻고 싶어, 한 사람 한 사람의 얼굴을 마주보며, 그러니 아무도 달아나지 마, 내가 완전히 쓰러질 때까지, 나를 통해서 나와 함께 너희들의 용기를 증명해야지, 겁먹은 표정은 치워버리고 칼과 작살을 들었을 때의 단호한 표정으로, 이봐 나는 기억하고 있어, 우리가 서로를 향해 소리치며 달리고 숨고 울부짖으며, 광장에서 도로에서 경기장에서 우리가 서로에게 얼마나 각별했는지, 서로를 얼마나 갈망했는지, 우리는 긴 시간 동안 서로에게 상처를 입혔어, 하지만 이제 나는 달리지 않을 거

야, 이봐 더 이상의 달리기는 없어, 아무도 쓰러진 나를 열 번 스무 번 계속해서 찌를 수는 없겠지, 그건 너희들의 용기를 증명하는 행동이 아 닐 테니까, 이리 와, 이리 와서 피가 흐르는 광장 바닥에 마주 앉아 서 로의 용기를 보여주자, 나는 듣고 있어, 그러니 담장에서 내려와, 칼을 든 채로 가까이 와봐, 이제 축제는 끝났어, 달아나지 말고, 웃지도 말 고, 서로의 눈을 마주 보며 마지막으로 우리의 용기를 보여주자……"

칼에 찔린 황소는 등과 목에 작살을 매단 채, 거친 숨을 몰아쉬며 가 까스로 다시 일어섰지요

와아아아아아아아……

광장에 모인 사람들은 환호성을 지르며 달리기 시작했습니다

*

라이프 라이프, 사내가 중얼거리고 있을 때

탁, 소리와 함께 테이블 위에 술잔이 놓였다

털고 일어서는 게 보기 좋으니까요

바텐더가 천천히 술을 따랐다

위스키 더블!

그리고 새 잔이 왔다

모터와 사이클

우리는 노래했네
콜레라에 걸린 돼지들처럼
이리 뛰고 저리 뛰며
피와 똥과 내장을
한꺼번에 쏟아낼 각오로

우리는 밤새워 마셨네
토하고 주저앉고 울고 소리치며
불행이 이 도시에 눌러앉았기 때문에
불행이 우리를 계속해서 짓누르기 때문에
우리는 어쩔 수 없다고 생각했네
이 도시의 유령들이 다름 아닌
우리의 할아버지고 할머니고
아버지라는 사실에 대해서도
이곳을 벗어날 수 없다는 두려움이
우리를 지구상에서 가장 못나고 어리석고
형편없는 인간으로 만든다는 사실에 대해서도
우리는 어쩔 수 없다고 생각했네

어쩔 수 없는 많은 밤들이 지나고
우리는 아무런 가책도 없이
중년의 배불뚝이가 되어
분칠한 어린 계집애들의 손이 둥근 배를 찌르면
머리를 긁적이며 웃고 서 있네

'똥마려운가보다'

똥 마려운 시간들이 흐르고
우리는 어느덧 백발의 소년들
아무런 가책도 없이 관 속에 누워
열두 가지 속마음으로 입장을 표명하려 하지만
머리는 안개 속에 있고 입술은 얼어붙어
(그저 내키는 대로 살아왔을 뿐……) 관 뚜껑에 못이 박힐 때!
우리는 칠흑 같은 어둠 속에서
놀란 두 눈을 부릅뜬 채
두리번, 두리번거렸네

'두꺼비집을못찾나보다'

제12회
미당문학상 수상작품집

봄밤

초판 1쇄 발행 2012년 10월 25일

––––––

지은이 권혁웅 외

––––––

발행인 김우석
제작총괄 손장환
편집장 원미선
책임편집 박성근
마케팅 공태훈, 김동현, 신영병

디자인 김미성
인쇄 미래프린팅

––––––

발행처 중앙북스(주)
등록 2007년 2월 13일 (제2-4561호)
주소 (100-732) 서울시 중구 순화동 2-6번지
전화 1588-0950
홈페이지 www.joongangbooks.co.kr

ISBN 978-89-278-0383-6 03810